공감의 온도

공감의 온도

신은영

책엔

공감의 온도를 기대하며

　어떤 말로도 위로가 되지 않는 순간들이 있었다. 세상에 혼자 덩그러니 던져진 것 같았고, 붙잡고 털어낼 사람도 생각나지 않았으며, 갖가지 감정들이 뒤엉킨 탓에 내 마음을 명확하게 알기도 쉽지 않았다. 그런데 우연히 발견한 책 속 한마디가 내 마음의 소음을 단번에 잠재웠다.

　"그래! 그럴 수 있지! 누구든 충분히 그럴 수 있어!"

　그 말을 읽는 순간, 눈물이 터져 나왔다. 내가 듣고 싶은 말을 찾아서 행복했고, 슬픔을 털어낼 힘이 생겨 감사했다. 그리고 그 말 덕분에 몸을 일으킨 나는 그 말을 누군가에게 돌려주어야겠다 생각했다. 나처럼 지쳐 있는 누군가에게, 혹은 어떤 말로도 위로가 되지 않아 전전긍긍하는 누군가에게!

'그래! 그럴 수 있지!'

그 간단한 말이 누군가를 일으켜 세우기를 기도하며 한 편 한 편 글을 썼다. 내 이야기가 그 누군가에게 가 닿기를 기대하며… 부디 그 사람도 또 다른 누군가에게 말해주길 기대하며… 그래서 결국엔 우리가 서로를 일으켜 세우는 따뜻한 '손'이 되어주길 기대하며…

나의 위로가 당신의 '공감'으로 돌아오면 좋겠다. 우리 '공감의 온도'가 주변을 따뜻하게 데우면 좋겠다. 당신과 나, 그리고 우리 모두가 위로받으면 좋겠다.

2020년 1월

신은영

CONTENTS

공감의 온도를 기대하며

괜찮아요, 나도 그래요

2 당신 곁에

있을게요

3

혼자

아파하지 말아요

1

랜찮아요,

나도 그래요

엄마는
호떡 장수

"너도 하나 먹어!"

큰언니가 호떡을 야무지게 베어 물며 말했다.

"싫어! 안 먹을래!"

내가 표정을 굳히며 고개를 저었다.

"엄청 맛있는데? 난 하나 더 먹어야지."

큰언니는 양손에 호떡 하나씩을 들고 신난 얼굴이었다.

"그렇게 맛있어?"

내가 이해할 수 없다는 얼굴로 물었다. 입에 밀어 넣은 호떡이 뜨거운지 큰언니는 대충 고개를 주억거렸다.

그날 이후에도 나는 호떡을 먹지 않았다. 뿐만 아니라 호떡에 관한 생각이 한 번씩 떠오를 때마다 머릿속에서 열심히 밀어내기 바빴다. 내게 호떡은 '우리 엄마'였기 때문이다.

내가 아주 어릴 적, 엄마는 동네 한구석에서 호떡 장사를 했다.

기름이 사정없이 튀는 통에 엄마 팔에는 항상 까만색 토시가 끼워져 있었다.

집에는 늘 이스트가 발효되는 냄새가 났다. 엄마는 커다란 고무통에 비닐을 깔고, 한가득 반죽을 담은 후, 따끈한 아랫목에 이불을 덮어 두곤 했다. 부푼 반죽 때문에 단단히 닫혔던 뚜껑이 들리면, 발효가 제대로 되고 있다는 증거였다.

옛날 TV 드라마를 보면, 부모님의 거친 노동을 친구들에게 들키지 않으려고 도망가는 꼬마들이 있었다. 나도 그들 중 하나였다. 엄마가 하루 종일 서서 호떡을 파는 길을 피해가려고 일부러 도망치거나, 친구들에게 거짓말을 했었다. 그럼에도 늘 마음 한 구석에는 넉살 좋게 친구들을 데려가 호떡을 하나씩 쥐어주는 상상을 하곤 했다. 물론 끝내 그런 호기를 부려보진 못했지만.

엄마가 훌쩍 떠난 후에 큰언니는 충분히 오래 슬퍼한 것 같았다. 하지만 나는 애써 기억을 밀어내며 살았다.

시간이 한참 흐른 어느 날, 길모퉁이에서 호떡을 사 먹으려 기다리다가, 참을 수 없는 서글픔이 몰려오고야 말았다. 슬픔에 푹 빠져야 할 순간에 충분히 슬퍼하지 않은 탓이었다. 나는 차마 호떡을 사지 못하고 그냥 돌아섰다. 그리고 생각했다.

'늦었지만 지금부터라도 충분히 슬퍼해야겠다……'

그때부터 엄마에 대한 기억이 떠오르면 그냥 내 속에 흐르게 내버려 뒀다. 굳이 내가 수로를 내지 않아도 기억은 자기만의 유속으

우물물
길어 올리기

"참 외롭죠?"

온라인을 통해 알게 된 작가들이 한결같이 건네는 말이었다.

네? 아…… 네."

는 딱히 외롭지 않았지만, 그냥 '네'라고 대답할 수밖에 없었다.

쓰기 시작한 지 얼마 되지 않은 초보가 당돌하게 "전 전혀 외롭

은데요?"라고 말했다간 풋내가 잔뜩 날 게 틀림없었기 때문이

운 이 길에 동지가 된 것을 환영합니다!"

들의 마지막 말은 늘 이런 환영 멘트였다. 그럼 나는 '동지'라

주는 묘한 안도감에 괜스레 기분이 좋아 입매를 움찔대곤

에 본격적으로 글을 쓰기 시작한 건, 작년 4월경이었다. 뭐

에 꽂히면 다른 건 눈에 들어오지 않는 성격 탓에 휘몰아

로 자기만의 길을 내며 달려 나갔다. 그러다 수로가 내 감정을 건드리기라도 하면, 눈으로 슬픔이 빠져나가도록 실컷 울어버렸다.

프랑스 평론가, 롤랑 바르트는 어머니 알리에트 벵제를 1977년 10월 25일에 잃었다. 그리고 그는 바로 다음 날부터 '애도일기'를 쓰기 시작했다. 어머니에 대한 모든 기억과 자신의 감정을 가감 없이 적어 내려가며 그렇게 그는 충분한 슬픔을 경험할 수 있었다. 그리하여 그의 애도일기는 1979년 9월 15일에 끝이 났다.

애도 일기에 이렇게 적혀 있다.

"나는 이제 가는 곳마다, 카페에서나 거리에서나 만나는 사람들 하나하나를 결국은 죽을 수밖에 없음이라는 시선으로, 그러니까 그들 모두를 죽어야 하는 존재들로 바라본다. 그런데 그 사실만큼이나 분명하게 나는 또한 알고 있다. 그들이 그 사실을 결코 알고 있지 못하다는 걸."

마음을 다해 누군가를 애도하다 보면, 어느 순간 큰 깨달음이 오는 법이다. 지금껏 내가 가졌던 시선이 얼마나 주관적이었는지, 혹은 대상의 삶을 얼마나 단편적으로 바라보고 있었는지를 비로소 알게 된다. 롤랑 바르트는 죽음의 일반적인 속성을 깊이 깨달은 후, 타인과 세상을 보는 시각을 달리하기에 이르렀다.

우리는 늘 이별하며 산다. 굳이 사랑하는 대상이 물리적으로 떠나지 않는다고 해도, 무수한 실패들이 우리를 기다리고 있다. 그때마다 기억해야 할 것은, '잘' 헤어지는 방법을 체득하는 것과 이번에 '잘' 헤어지고 나면, 한층 더 성숙한 사람으로 거듭날 수 있다는 믿음일 테다.

내 속의 수로를 통해 엄마에 대한 기억들이 흘러가던 어느 날, 우리 아이가 호떡 믹스를 사서 집에서 만들어 먹자고 했다. 진한 이스트 냄새가 식탁 위에 퍼져갈 때, 내가 말했다.

"엄마는 이 냄새에 아주 익숙해."

"왜?"

"외할머니가 호떡 장사를 했었거든."

"정말?"

아이 눈이 동그래졌다. 그리곤 왜 그 이야기를 지금껏 안 했냐고 물었다.

"부끄러웠거든. 근데 이제 아니야!"

"왜?"

"추워서 발을 동동 구르면서도 열심히 호떡을 구워내던 우리 엄마 얼굴이 생각났거든. 그러니까 그건 부끄러워할 게 아니라, 오히려 자랑스러워해야 할 신성한 노동이었던 거야."

아이는 알 듯 말 듯하다는 표정을 지었다.

"그럼 엄마 어릴 때 호떡 엄청 많이 먹었겠다."

"웅! 안 팔린 호떡은 집에 들고 와서 먹었지. 지금 생각[하니] 우리 엄마가 구운 호떡이 젤 맛있었어."

아이는 여전히 부럽다는 눈빛으로 날 쳐다보고 있었[다.] 면이 익은 호떡을 가볍게 뒤집어 누르개로 지그시 눌렀[더니 기]름 한 방울이 내 팔에 톡 튀었다. 순간, 엄마의 까만 [눈동자가] 참 좋겠다는 생각이 들었다.

우리 엄마는 알까?

내가 지금도 엄마와 '잘' 헤어지는 중이라는 사실[을.]

치듯 글을 썼던 것 같다. 단기간에 얼마나 많은 글을 쏟아냈는지 헤아려 보면 절로 아찔해진다. 물론 개중에는 마음에 쏙 드는 글들도 있고, 아무리 봐도 '전혀 아니올시다' 싶은 글들도 있다. 그래도 나는 별로 개의치 않았다. 내가 흘러가듯, 글도 흘러갈 테니까.

문제는 글의 내용이 아니라, 그 글을 쓰면서 내가 느낀 감정이었다.

"외로움!"

한 150번째 글을 쓸 때였나? 그 동안 작가들이 건넸던 인사말, '참 외롭죠?'가 별안간 뼛속까지 스미는 것이 아닌가. 전혀 외롭지 않았던 사람이 일순간 이렇게 외로울 수가 있나 싶어 나 혼자 적잖이 혼란스러웠다.

그때《청춘의 문장들》에서 김연수 작가가 했던 말이 떠올랐다.

"그즈음 나는 내게 돈도 명예도 가져다주지 않을 것이며, 그렇다고 해서 사회나 문학을 쇄신하는 사상이 담기지도 않을 게 분명한 장편 소설을 쓰고 있었다. 퇴근한 뒤, 12시부터 새벽 2시까지 매일 써 내려갔다. 그렇게 한 달 정도 썼을 때쯤이었다. 컴퓨터를 바라보다가 고개를 들었더니 밤하늘이 보였다. 문득, 고독해졌다. '나는 지금 소설을 쓰고 있다.' 오직 그 문장에만 해당하는 일을 하고 있었다. 그저 '나는 지금 소설을 쓰고 있다.' 그 문장뿐이었다. 그리고 그때까지 살아오면서 받았던 모든 상처는 치유되었다."

그의 글은 내게 큰 힘이 되었다. '나만 고독한 게 아니구나'라는 깨달음을 줬을 뿐 아니라, 글을 통해 상처가 치유될 수 있다는 확고한 믿음도 주었다.

그때부터 나는 부끄러운 과거 이야기를 조금씩, 그리고 담담하게 꺼내 놓기 시작했다. 입 밖으로 나오려고 할 때마다 꿀꺽 삼켰던 이야기들을 우물물 길어 올리듯 끄집어내는 건 결코 쉽지 않았다. 도르래는 신나게 돌아가는데, 물통이 격렬히 흔들려서 불안한 기분! 그 기분 탓에 기껏 힘들게 퍼 올린 물을 다 쏟아버리는 일들이 반복되었다. 그럼에도 나는 힘껏 줄을 당겼다. 그리고 물통에 적은 양의 물이 찰랑거릴지라도 실망하지 않았다.

내 속에선 무시무시한 괴물 같던 기억이 일단 햇볕을 마주하자 언제 그랬냐는 듯 고분고분해졌다. 그리고 그냥 조금 더 안타까운, 혹은 살짝 아쉬운 사건이나 대상이 되고 말았다. 물론 괴물을 대면하는 일이 가끔은 힘들고 괴로웠지만, 조금씩 꺼내 놓은 탓에 나는 이전보다 훨씬 덜 외로워졌다. 우물에 물통을 던져 넣은 것도 나고, 줄을 당겨 물을 길어 올린 것도 나였기 때문이다.

표면적으로는 그저 자판을 두드리는 지루한 과정의 연속이었다. 하지만 내 속의 변화는 아주 흥미롭고, 진지했다. 기억을 되살려 그때 그 장면으로 뛰어들면 웅크리고 숨어있던 '내'가 보였다. 그럼 나는 봄바람 같은 목소리로 그 아이를 부드럽게 다독여 주었다. 그러고 보니 내가 느낀 고독은 현재가 아닌, 기억 속 '나'의 것이었다.

살다 보면, 혹은 글을 쓰다 보면 또다시 친구처럼 외로움과 고독이 찾아올 테다. 그럼 그때마다 나는 힘차게 우물물을 길어 올릴 생각이다.

타인을 위해 혹은 세상을 바꾸기 위해 글을 쓰는 것이 아니라, 그저 내 속에 옹송그린 과거의 '나'를 위해 글을 써보면 어떨까? 오직 나만이 그 아이에게 가 닿을 수 있고, 오직 나만이 그 아이를 위로할 수 있단 걸 기억하면 좋겠다. 그 희망에 의지해 오늘도 나는 우물물을 길어 올리기 위해 힘차게 줄을 당겨본다.

스스로 일군 열정은
힘이 세다

차가운 공기가 얼굴에 부딪혔다. 빨갛게 달아오른 볼의 열기가 찬 기운에 싹 씻겨 내려갔다. 한 걸음씩 옮길 때마다 몸이 점점 가벼워졌다. 하루 종일 먹은 거라곤 작은 빵 한 조각뿐이었다. 그런데도 배가 전혀 고프지 않았다.

잠들기 전, 그 묘한 들뜸을 놓치기 아쉬워 다시금 그 감각을 곱씹어봤다. 일종의 '각성' 상태, 혹은 열정 충만 상태 그 어디쯤이었던 것 같다.

"선생님, 중간고사가 얼마 남지 않아서 그러는데요. 보충을 좀 해주시면 안 될까요?"

영어 방문교사로 일할 당시, 한 어머니가 물었다.

"그럼 제가 한 15분씩 교과서로 보충해 드릴게요."

썩 내키지 않았지만 어쩔 수 없이 대답했다. 그러자 이내 어머니 표정이 환해졌다. 사실 보충을 몇 분 더 해준다고 내 스케줄이 크게 틀어지는 건 아니었다. 문제는 어머니의 열의와 달리 아이는 전혀 의욕이 없다는 것이었다. 일주일에 한 번, 1시간 동안 진행하는 수업에서도 겨우 15분 집중할까 말까 하는 아이였다. 그런데 '1시간 15분 동안 수업을 하겠다'고 하면 과연 어떤 반응을 보일까? 이 생각에 이르자 괜한 약속을 했다는 후회가 밀려오기 시작했다.

다음 수업 시간, 아니나 다를까 아이의 저항은 강력했다. 당시 나는 이른바 족집게 선생님처럼 교과서에서 출제될 문제들을 콕콕 집어주었는데, 녀석은 그것마저 암기하길 거부했고, 수업을 왜 오래 하느냐며 따지기까지 했다. 처음에는 어르고 달래서 녀석의 마음을 바꿔볼 요량으로 이런저런 친절한 말들을 꺼내 놓았다. 하지만 녀석이 버릇없는 말투로 대드는 순간, 내 인내심도 한계에 다다랐다.

"어차피 네 인생이야! 딱 정해진 시간만 하고 가면 나야 좋지. 너한테 귀한 시간을 할애해 줄 사람이 많을 줄 알아?"

내 목소리에 들어찬 냉기를 느낀 탓인지 아이의 고개가 살짝 내려앉았다. 그렇게 저항이 한풀 꺾이고, 꾸역꾸역 외우기 시작했지만, 짜증을 온 몸으로 표현하는 녀석을 보니 내 속이 시끄러워졌다. 잔소리를 하기도 지치는 날이라 나는 결국 숙제라는 이름으로 슬쩍 미뤄두고 그 집을 빠져나올 수밖에 없었다.

아이의 어머니가 부끄럽다는 표정으로 문밖까지 따라 나왔다. 내가 어르고 달래던 소리를 들은 모양이었다. 어정쩡한 자세로 이런

저런 변명을 늘어놓는 어머니를 보니 괜히 미안한 마음이 들었다. 그래서 나는 마른 행주를 짜는 심정으로 녀석에 대한 엉성한 칭찬을 꺼내놓았다. 어색한 침묵이 이어진 후, 다음번엔 녀석이 열심히 하지 않겠냐는 '희미한' 기대를 나눠 가지고 우린 각자 돌아섰다.

바깥 공기는 차가웠고, 내 마음은 씁쓸했다.

그런가 하면 내가 맡은 아이들 중에 유독 정이 가는 아이도 있었다. 예의를 지키면서도 농담을 자주 했고, 웃음도 많은 아이였다. 그 아이 엄마는 늘 반갑게 내게 인사를 건넸지만 한 번도 보충을 요구하진 않았다. 그런데도 나는 그 아이와 박자가 잘 맞아 무려 3시간씩 시험대비 수업을 하곤 했다.

"너, 이 문장들 다 못 외우면 오늘 밤새는 거야!"

내가 농담처럼 말하면 아이는 입을 툭 내밀었다가도 혼자 키득키득 웃어댔다. 그러다 눈을 반짝이며 물었다.

"선생님! 우리 내기 할까요? 제가 하나라도 틀리면 선생님이 저 꿀밤 주시고, 제가 다 맞히면 선생님이 꿀밤 맞기요!"

아이 눈에 장난기가 가득 들어찼다.

"너, 널 너무 과대평가하는 거 아니야? 이걸 한 번에 다 맞힐 수 있다고? 오케이, 그럼 어디 해보자. 잠시만, 선생님 손가락 좀 풀게. 너 이마에 혹 생겨도 내 탓 아니다!"

내가 손가락을 주무르며 말하자, 아이는 이마를 가리고 얼른 고개를 숙였다. 곧이어 내기에 들뜬 아이 어깨가 자꾸만 파닥이는 게 보였다.

한 10분, 아이가 집중해서 암기한 후, 진지한 표정으로 내가 한 문장씩 불렀다. 아이는 미간에 주름을 잔뜩 잡고 틀리지 않으려고 기를 쓰며 적어 내려갔다. 드디어 채점 시간!

"음…… 이쯤에서 하나 틀릴 때가 되었는데……."

내가 철자 하나하나를 꼼꼼히 확인하며 말했다. 아이는 두 손을 꼭 모으고 기도하는 시늉을 했다.

'아!' 반가움의 탄성이 내 입에서 흘러나왔다. '설마' 하는 표정으로 아이 눈이 동그래졌다.

"왜요? 틀렸어요?"

"여기! 's'가 빠졌지? 음하하하하하하!"

의도하지 않았는데도 악당 같은 비열한 웃음소리가 터져 나왔다.

"윽…… 선생님 한 번만 봐주면 안 돼요?"

아이가 이마를 부여잡고 울상이 되었다.

"현실은 냉정한 거야! 얼른 손 치워!"

다음 순간 인정사정없는 딱, 소리가 경쾌하게 울려 퍼졌다. 너무 세게 때렸나 싶어 내가 움찔 놀라는 와중에 아이가 얼른 말했다.

"선생님, 다시 도전할래요."

한동안 아이는 연이은 꿀밤을 맞고도 포기하지 않았다. 그러다 드디어 내 이마에 꿀밤을 먹이는 데 성공했다. 날아갈 듯 기뻤는지,

아이가 벌떡 일어나 만세를 불러댔다. 그 모습이 귀여워 나는 깔깔깔 웃었다. 3시간 동안 아이는 한 단원을 통째로 외우고, 중요 단어와 숙어를 완벽히 암기했다. 물론 학교 시험도 만점이었다.

"이게 다 선생님 덕분이에요. 정말 감사드려요."

시험 결과를 받아든 아이 엄마가 내게 말했다.

"아이가 열심히 한 덕분이죠."

물론 아이에겐 다르게 말했다.

"너 알지? 선생님이 시간도 없는데, 너한테 2시간이나 더 할애한 거! 그러니까 이건 다 선생님 덕분이야."

내 말에 아이가 까르르 숨넘어가듯 웃었다. 그리곤 보란 듯이 공손하게 고개를 숙이며 말했다.

"선생님, 감사합니다. 다 선생님 덕분이에요."

능청스레 인사하는 아이가 기특해 나도 키득키득 웃었다.

그 아이 집을 나서는 길, 굳이 누가 시키지 않아도 나 스스로 열정을 발휘한 일이라 뿌듯함이 차올랐다. 과정이 즐거웠고, 결과마저 좋은 상황! 살면서 그때의 들뜬 기분이 문득문득 생각난다. 특히 겨울밤, 바깥 공기의 차가움이 얼굴에 닿을 때, 나는 절로 가슴이 설렌다. 그리고 그처럼 진짜 즐기는 일을 할 순간들을 기다리고 또 기다린다.

당신의
테마는?

어릴 적, 짧은 기간 동안 유치원을 다닌 적이 있다. 신기한 교구는 물론, 간식에 친구들까지 있는 곳이니 나에게는 그야말로 천국이 따로 없었다. 그렇게 며칠은 아주 재미있게 다녔던 것 같다.

그런데 어느 날, 드디어 골칫거리를 맞닥뜨렸다. 눈매가 찢어진 여자아이 하나가 얄미운 복병이었다.

"너, 이리 와!"

그 아이가 멀찍이 있는 나를 손짓으로 불렀다. 나는 쭈뼛쭈뼛 다가가 눈을 끔뻑이며 그 아이 옆에 섰다. 그렇게 고분고분하게 굴면, 놀이를 주도하던 그 아이가 나를 꼭꼭 끼워주었다.

하지만 그것도 잠시, 하루는 내가 유치원에 들어서는데, 그 아이가 작은 미끄럼틀 위에 올라가 있는 게 보였다. 반가운 마음에 내가 얼른 손을 흔들었다. 그런데 그냥 가만히 나를 째려보는 게 아닌가. 혹시 나를 못 본 건가 싶어 다시 힘차게 손을 흔들었다. 하지만 이번에도 그 아이는 날 노려보기만 했다.

그날부터였다. 이유도 없이 그 아이가 나를 놀이에 끼워주지 않았다. 그래서 혼자 덩그러니 있다가 집으로 오는 날이 많았다. 몇 번 엄마를 붙잡고 엉엉 울었던 기억도 있다. 하지만 당시 식당을 운영하느라 정신이 없던 부모님은 내 고민에 귀 기울일 여유조차 없었다.

그러다 어느 날, 이번엔 무슨 속셈인지 그 아이가 다시 나를 놀이에 끼워주기 시작했다. 얼떨떨한 마음도 잠시, 나는 그저 놀 수 있게 된 것에 들떠 이전에 가졌던 반감을 가볍게 털어 버렸다. 그러면서도 마음 한 편에서는 불안이 가시덩굴처럼 자라고 있었다.

아니나 다를까, 며칠 후 그 아이는 또다시 미끄럼틀 위에서 나를 사납게 노려봤다. 그땐 나도 제법 익숙해진 탓에 그리 화가 나지 않았다.

그런데 이번엔 시간이 지날수록 부모님의 한숨이 깊어지기 시작했다. 식당운영에 어려움을 겪는 것은 물론이고, 사기까지 당한 탓이었다. 급기야 싸움이 나서 그릇들이 나뒹구는 일들도 벌어졌다. 결국 나는 부모님 곁에서도, 유치원에서도 '불안'과 사투를 벌이게 되었다.

아마 그때부터였던 것 같다. 내 인생의 테마가 '안정감'이 되었던 건.

대학생 때, 하루는 못 보던 예비역이 강의실에 나타났다. 처음 보는 얼굴이라 군대에 다녀온 선배인가 싶었다. 그런데 그는 자신을 편입생이라고 소개했다. 자그마한 체구에 뿔테 안경을 쓰고, 서울 말을 쓰는 사람이라 나름 신선한 매력이 있었다. 그는 매일 수업에 충실했고, 예상외로 사람들과도 잘 어울렸다.

"내가 밥 사줄까?"

그가 나와 내 친구에게 물었다. 마지막 '까'자가 부드럽게 올라가는 것이 신기해서 우리는 키득키득 웃었다.

"왜 웃어?"

그가 눈매를 늘려 물었다.

"서울말이라 신기해서요."

"아, 그래? 난 너희들 말이 더 듣기 좋은데?"

그의 말에 우리는 또 까르륵 웃었다. 우리의 웃음이 당황스러웠는지 그의 시선이 이리저리 흔들렸다.

"저흰 갈 데가 있어서 밥은 다음에 먹어야겠어요."

내가 얼른 말하고 친구 팔을 잡아끌었다.

이유를 콕 집어 말할 순 없었지만, 나는 그가 마음에 썩 들지 않았다.

그 후에도 몇 번씩 그가 같은 말을 했다.

"밥 사줄까?"

친구는 따라가자며 자꾸 날 당겼지만, 나는 이런저런 핑계를 대며 매번 거절했다.

그러다 어느 날, 그와 이야기를 나눌 기회가 생겼다. 그는 당시 20대 후반이었음에도 불구하고, 자신에게 맞는 전공을 찾지 못해 방황하고 있었다. 그래서 벌써 몇 번째 학교와 전공을 바꾸었다고 했다. 다행히 이번에 선택한 철학은 자신에게 꼭 맞는 전공인 것 같다며 그가 싱긋 웃었다. 하지만 나는 직감적으로 알 수 있었다. 그의 방황이 쉽사리 끝나지 않을 거라는 걸. 나와 이야기를 하는 도중에도 시선이 여기저기로 날아다니는 것을 보며 나는 생각했다.

'그의 시선처럼 그의 삶도 계속 부유하지 않을까?'

몇 달이 흐른 어느 날, 집 전화가 울렸다.

"여보세요."

"저기…… 나야 ○○이!"

이름을 듣고도 바로 떠오르는 얼굴이 없어 나는 가만히 있었다.

"누구시라고요?"

"같은 과……."

'같은'이라는 말이 그의 입을 통하니 묘하게 이질적으로 들렸다.

"아…… 네! 어쩐 일이세요?"

내가 전화번호를 가르쳐준 적이 있었나, 기억을 헤집으며 물었다.

"나…… 학교 관뒀어."

그의 말은 그리 놀랍지도 신선하지도 않았다.

"그래요? …… 왜요?"

무미건조하게 내가 물었다.

"그냥…… 나랑 좀 안 맞는 것 같아서……."

그의 목소리에서 힘이 쏙 빠져나갔다. 나는 이미 예상했다는 듯 고개를 끄덕였다.

"아…… 그러시군요. 그런데 저한테 전화는 왜 하신 거예요?"

젤 궁금한 점이었다. 딱히 친하지도 않은 사이에 굳이 전화로 자신이 떠난다는 소식은 왜 전하는 걸까?

"너랑 밥을 꼭 먹고 싶었는데. 한 번도 못 먹었네."

"아…… 네. 그렇게 됐네요. 그럼 건강 잘 챙기세요."

할 말도 없는 어색한 통화를 이어가기 힘들어 내가 급히 인사를 건넸다.

"저기 말이야……."

아직 할 말이 남았다는 듯 그가 여운을 남겼다.

"네?"

지루해진 나는 속으로 '얼른 인사하고 끊으세요'라고 중얼거리는 중이었다.

"내 첫사랑을 닮았어. 너 말이야."

갑자기 드라마 주인공 대사를 읊어대듯 그가 말했다.

"그래요? 그래서요?"

도대체 무슨 이야기를 하고 싶은 건지 답답해서 내가 물었다. 그러자 예상과 다른 반응이었는지 그가 당황한 목소리로 말끝을 흐렸다.

"그냥… 그렇다고…."

혼자 드라마라도 찍느냐고 묻고 싶었지만, 그 말은 예의상 꿀꺽 삼켰다.

"그럼 늘 건강하세요!"

내가 다시 한 번 야무진 인사를 건네자, 그도 어쩔 수 없다는 듯 전화를 끊었다. 수화기를 내려다보며 나 혼자 곰곰이 생각했다. 그리고 깨달았다. 내가 왜 그와 밥을 먹지 않았는지를. 그의 시선과 표정에는 '안정감'이 없었다. 뿌리를 굳건히 내린 나무의 기운도, 그렇다고 커다란 그늘을 만들어 줄 너른 품도 없었다. 그저 망망대해를 부유하는 시선과 표정이 그의 전부인 것만 같았다.

어느 날, 지인들과 이야기를 하다 문득 생각했다.

'우리 모두 각자의 테마가 있구나.'

나는 '안정감', 누구는 '외로움', 누구는 '억울함' 또 누구는 '책임감' …… 어쩌면 그 테마가 크고 작은 행로를 결정하고 있는지도 모른다. 그리고 그건 어린 시절의 결핍일 수도, 혹은 온 생애를 통해 이루고 싶은 욕망일 수도 있다. 어쨌든 중요한 건, 우리의 테마가 우리의 삶을 지금도 이끌고 있다는 게 아닐까?

퍼즐을
완성하는 법

최근에 읽은 《혼자일 것 행복할 것》이라는 책에 흥미로운 에피소드가 등장한다. 저자가 빌라에서 첫 독립생활을 시작했을 때, 옆집에 40대 독거남이 살고 있었다.

평온한 일상이 이어지던 어느 날, 옆집 독거남이 갑자기 문을 박차고 나가 위층으로 올라갔다. 그것도 모두가 잠든 한밤중에! 그리곤 윗집 문을 사정없이 발로 차면서 소리쳤다.

"조용히 좀 해!"

독거남은 그렇게 소리를 있는 대로 지르곤 다시 자기 집으로 들어가 문을 쾅 닫아버렸다. 그 소리를 고스란히 들은 저자는 층간소음 문제가 비단 아파트만의 문제가 아니란 것을 처음으로 깨달았다. 그리고 그때부터 최대한 발소리를 내지 않으려 노력했다.

그런데 이런 날들이 꽤 오래 지속되었다. 야심한 밤에 들려오는 예측 가능한 소리! 하지만 다분히 폭력적이고, 위협적인 소리!

'쾅, 다다다닥, 쿵쾅! 조용히 좀 해! 후다다닥, 쾅!'

이 소리를 매일 밤 듣는다고 상상해보라. 결국 저자는 심장이 벌렁거려 잠을 이룰 수 없는 지경에 이르렀다.

그러던 어느 날, 이번엔 조금 다른 소리가 들려왔다.

'쾅, 다다다닥, 쿵쾅! 조용히 좀 해!'까지는 여느 때와 다르지 않았다. 하지만 그 다음에 예상 외로 '휙' 하며 윗집 문이 열린 것이다.

지난주에 우리 아이가 말했다.

"엄마! 나 학급 임원 선거에 부반장으로 나가볼까 해."

1학기 때 혹시 출마할 생각이 없냐고 내가 물었을 때, 펄쩍뛰던 아이가 웬일인가 싶었다.

"그래, 좋은 생각이네. 근데 왜 반장이 아니라 부반장이야?"

"지애가 반장으로 출마한다고 했거든. 지애는 너무 친절해서 우리 반에서 지애를 이길 애는 없어. 그러니까 안전하게 부반장 하려구."

그리고 다음 날, 확신에 찬 얼굴로 아이가 말했다.

"엄마, 혜랑이도 여자 부반장에 출마할 거래. 그러니까 나까지 후보가 2명인 거야. 근데 자신 있어! 혜랑이보다는 내 표가 더 많을 거야."

윗집에 사는 남자가 소리쳤다.

"도대체 왜 이러는 겁니까? 내가 무슨 소리를 냈다고 그러냐구요! 말씀해보세요! 정확하게 어떤 소리가 어떻게 들렸는지! 나는 지금껏 자고 있었다고요."

옆집 독거남이 잠시 움찔하더니 이내 자기 할 말만 툭 내뱉었다.

"조용히 좀 하라고! 시끄러워서 살 수가 없잖아!"

그러자 윗집 남자도 물러서지 않고 따져 물었다.

"층간 소음이 왜 꼭 위층에서만 들려온다고 생각하시는 겁니까? 다른 집이거나, 외부 소음일 수도 있잖아요. 그러니 말씀해보세요! 정확하게 무슨 소리였냐고요!"

이쯤 되면 곧 이어질 격렬한 싸움을 예상해볼 수 있다. 하지만 무슨 이유에선지 옆집 독거남이 후다닥 자기 집으로 달려가 문을 쾅 닫아버렸다. 물론 그 후에도 옆집 독거남은 윗집 방문을 멈추지 않았다.

"엄마! 우리 반 은진이 알지? 걔가 쉬는 시간에 갑자기 나한테 오더니 뭐랬는지 알아? '너, 부반장 말고 반장 출마해.' 이러는 거야. 그래서 내가 '반장은 지애가 될 게 확실해. 난 부반장 할 거야.'라고 했지. 그랬더니 '아냐, 내 생각엔 너에겐 반장이 더 잘 어울려. 진짜야!'라는 거야. 그것도 내 머리카락을 살짝 만지면서 말이야. 친하지도 않으면서 갑자기 왜 그러는 걸까?"

아이가 볼을 늘리며 말했다.

"음, 엄마의 촉으로는 말이야. 뭔가 꿍꿍이가 있어. 그 애는 분명 지애가 크게 이길 걸 알고 있어. 네가 혜랑이를 이길 것도. 그런데도 너한테 반장으로 나가라고 하는 건 혜랑이를 도울 속셈이겠지. 게다가 상대의 머리카락을 어루만지는 건 일부러 호감을 표시할 때 하는 행동이야. 그러니까 그 애는 의도를 가지고 너한테 연기를 한 거지."

내 말에 아이 눈이 커다래졌다.

"헉! 듣고 보니 엄마 말이 맞는 것 같아. 걔 정말 야비해!"

아이가 콧김을 내뿜으며 씩씩댔다.

하루는 옆집 독거남이 늘 그렇듯 윗집 문을 가격하고 줄행랑을 치고 있었다. 그런데 윗집 남자가 곧 뒤를 따랐다. 그리곤 스트레스가 극에 달한 목소리로 따져 물었다.

"도대체 언제까지 그럴 작정입니까? 도저히 이렇게는 못 삽니다! 나는 분명히 자고 있었는데, 왜 엄한 사람에게 이러는 거냐고요!"

윗집 남자의 목소리에서 짜증이 폭발하고 있었다. 그런데도 옆집 독거남은 별다른 대꾸를 하지 않은 채 다음 날이 되면 자신의 소임을 다하는 식이었다. 그러던 어느 날, 이삿짐 차가 빌라 앞에 등장했다. 하늘이 도운 것인지 옆집 독거남이 이사를 나가고 있었다. 층간 소음을 이기지 못한 그가 결국 무릎을 꿇은 듯 보였다. 그 덕분에 저자는 물론 빌라 사람들 모두 평화를 되찾

앉다.

그런데 저자가 뒤늦게 깨달은 사실이 있었다. 만약 층간 소음이 윗집에서 지속적으로 발생한 것이 사실이라면, 왜 저자만 못 들었을까? 게다가 왜 빌라 사람들 누구도 불평을 터트리지 않았을까? 그러고 보니 결론은 하나뿐이었다. 옆집 독거남의 환청!

"엄마! 나 부반장 됐어!"

아이가 싱글벙글 신이 났다.

"축하해!"

"엄마! 원래 부반장 후보가 나랑 혜랑이뿐이었잖아. 근데 갑자기 이슬이도 나온 거 있지? 그것도 마지막 순간에! 그래서 내 심장이 덜컥 내려앉는 줄 알았어. 처음에는 내 이름이 많이 나와서 안심하고 있었는데, 뒤로 갈수록 자꾸만 이슬이 이름만 나오는 거야. 그러다가 마지막에 다시 내 이름이 나와서 딱 2표 차이로 내가 이겼어!"

아이가 감격한 얼굴로 말했다.

"다행이네. 그나저나 은진이가 너한테 왜 부반장 말고 반장 출마하라고 했는지 눈치 챘지?"

내가 시시하다는 듯 툭 말했다.

"응? 아니! 왜?"

"왜긴 왜야! 마지막에 출마한 이슬이랑 은진이가 절친이잖아. 그러니까 이슬이가 부반장이 되려면 너랑 경쟁해선 안 되는 거지."

내 말에 아이 눈매가 푹 가라앉았다.

"하지만 이슬이는 마지막까지 망설이다가 출마한 거야. 나올 생각이 없어 보였는데?"

"아마 그 전에 고민했겠지. 은진이는 그 마음을 알았던 거고. 그래서 일부러 널 반장 후보로 만들 속셈이었을 거야."

내 표정도, 아이 표정도 한껏 진지해졌다.

"내가 반장으로 출마했으면, 엄청난 표 차이로 떨어졌을 게 분명해!"

"은진이가 그걸 몰랐을까? 뻔히 다 알고 그런 거야!"

내 말에 아이가 끙끙, 불만의 소리를 뱉어냈다.

"근데 엄마는 그런 걸 어떻게 눈치 챈 거야?"

살다 보면 뒤늦은 깨달음이 오는 순간들이 있다. 그리고 마지막 순간에 퍼즐을 완성하는 즐거움을 얻기 위해서는 평소에 열심히 관찰하는 노력을 기울이는 게 좋다. 가끔은 무심히 지나쳤던 조각이 퍼즐을 완성하는 마지막 한 조각이 되기도 하니까 말이다.

연애는
나를 먼저 사랑하는 일

비디오 아티스트 백남준 선생의 마지막 인터뷰에 관해 읽은 적이 있다. 당시 그는 휠체어에 몸을 맡긴 채 평생 누렸던 호탕한 자유로부터 멀찍이 빗겨나 있었다.

"지금 가장 하고 싶은 것이 무엇인가요?"
기자의 질문에 그는 주저함이 없었다.
"연애!"

생명이 스러져가는 순간에도 그는 연애의 찬란함과 흥분을 갈구했나 보다.
연애! 입으로 발음하면 묘한 설렘을 주는 단어다. 그런데 그 알콩달콩한 단어 앞에서 누군가는 삶의 교훈을 터득한 반면, 나와 내 친구들은 번번이 넘어지곤 했다.

"나는 왜 그의 눈치만 보는 걸까?"

A가 울상이 되어 말했다.

"연애에서도 주도권을 쥐어야지. 그런 식으로 끌려 다니다간 결국 너만 힘들어질 걸?"

내가 말했다.

"만약 내가 주도권을 가지면, 그가 떠나가지 않을까?"

"무슨 소리야! 고작 그런 걸로 떠나는 남자면 잡을 필요도 없어!"

내 목소리가 높아졌다.

"그래. 네 말이 맞아. 나 참 한심하지? 하물며 애정표현도 그 사람 눈치를 보며 주춤거리게 돼."

A가 눈물이 그렁그렁한 채 말했다.

"그런 남자 만나지 말고, 널 위해주는 남자 만나! 그런데 너 그 전에 만났던 애들하고도 그런 식이었어?"

내 물음에 A가 고개를 끄덕였다.

"그럼 남자들이 문제가 아니라, 네가 문제인 것 같은데?"

그런가 하면 B는 이랬다가 저랬다가 변덕이 죽 끓듯 하는 아이였다.

"난 이대로 짝사랑만 하다 죽겠지?"

고백 한번 못해보고 속앓이만 하던 B가 자조적인 말투로 말했다.

"그러지 말고 그냥 고백이나 한번 해봐!"

내가 답답하다는 듯 말했다.

"그랬다가 그 애가 단번에 거절하면?"

"그럼 다른 사람 찾는 거지 뭐. 밑져야 본전이지 뭐가 무서워?"

내 말에 용기를 끌어 모았는지 B가 결연한 표정을 지었다.

얼마 지나지 않아 B는 짝사랑 상대에게 고백했고, 상대로부터 긍정적인 신호를 받았다. 하지만 그 뒤 또 다른 문제가 기다리고 있었다.

"그 애가 다가오니까 부담스러워!"

B도 당황스러운지 기어 들어가는 목소리로 말했다.

"뭐라고? 언제는 짝사랑만 한다고 끙끙 앓더니, 이제 막상 다가오니까 도망치고 싶은 거야?"

"응. 나 도대체 왜 이럴까? 나도 내 속을 잘 모르겠어."

"그 전에 만났던 애들과는 어땠는데?"

B가 잠시 생각하더니 입을 툭 내밀었다.

"똑같았어. 상대가 멀리 있으면 다가와 주길 바랐다가, 막상 다가오면 내가 도망가 버리는……."

"이유가 뭔데?"

"나도 모르겠어. 나 정말 한심하지?"

한편 C는 전혀 다른 문제를 안고 있었다.

"날 위해 그 정도도 못 해?"

C의 말에 남자가 한숨을 내쉬었다.

"알았어. 알았다고."

돌아선 남자 등에 불만이 주렁주렁 매달렸다. 그날도 C가 정해준 부담스러운 심부름을 하러 가는 남자였다.

"왜 이렇게 전화를 늦게 받아?"

C의 목소리가 앙칼지게 높아졌다.

"좀 피곤해서……."

"아참! 그 노래 연습해서 불러준다며! 연습했어?"

C의 말이 끝나기도 전에 남자 입에서 깊은 한숨이 새어 나왔다.

"쳇! 한숨은 왜 쉬는 거야? 하기 싫으면 싫다고 하면 되지. 다 그만 둬!"

C가 거칠게 전화기를 내려놓았다. 그리곤 충성심을 보여주지 않는 상대는 필요 없다며 혼자 중얼거렸다.

A, B, C 모두 어린 시절 부모와의 애착이 안정적이지 못했다. A는 어릴 적부터 착한 아이가 될 것을 강요받았다. 고분고분하게 말을 잘 들으면 사랑을 받을 수 있다고 생각했기에 애써 순종적으로 살았다. 하지만 부모님은 그녀를 남겨두고 떠나버렸다. 그런데도 그녀는 자신이 조금 더 착한 아이였다면 상황이 달라지지 않았을까 내내 자책했다.

B는 평소에는 따뜻했다가도 화가 나면 돌변하는 부모님 때문에

양가감정을 모든 이들에게 투영하곤 했다. 그러니까 좋으면서도 싫고, 싫으면서도 좋아하는 마음 때문에 누구와도 안정적인 관계로 발전하기 어려웠다. 그런가 하면 C는 부모님에게 사랑을 받은 기억이 많지 않았다. 그녀는 연애에서 늘 주도권을 차지했고, 높은 애정 욕구로 상대의 충성도를 테스트했으며, 충분치 않다 싶으면 가차없이 관계를 끊어버리기도 했다. 결국 그녀에게 연애 상대는 부모님 대신 애정을 주는 사람일 뿐, 건전한 인간관계를 이어갈 대상은 아니었던 셈이다.

책 《관계를 읽는 시간》에 이런 대목이 나온다.

> "건강한 바운더리의 핵심은 거리 조절을 잘하는 것도 아니고, '싫어요', '아니요'를 잘 표현하는 것도 아니다. 우리는 방어하기 위해서가 아니라 서로 연결하기 위해 관계를 맺기 때문이다. 건강한 바운더리의 핵심은 서로 협력하고 친밀함을 나누는 상호관계를 만들어가는 데 있다. 이를 위해 꼭 필요한 것은 자기세계다."

연애를 비롯한 모든 인간관계의 핵심은 '나'다. 내가 확실하고 견고한 '자기세계'를 가진 사람이라면, 상대에게 무조건적인 희생이나 강요 없이도 얼마든지 친밀함을 나눌 수 있다. 그러기 위해서는 무엇보다 '나'를 알고 이해해야 한다.

부끄러운 이야기지만, C가 과거의 내 모습이다. 나의 적극성으로 시작은 늘 순조로웠고, 주도권도 항상 내게 있었다. 하지만 나는 애정에 목말라 늘 상대를 시험했다. 상대는 마땅히 내게 애정을 쏟아야 하는 대상이었던 반면, 나는 애정을 빌미로 상대의 애를 태웠다. 그러다 상대의 애정이 부족하다 싶으면 가차없이 내가 먼저 돌아섰다. 그래서 안정적인 관계를 유지하기 힘들었고, 마지막엔 그들의 충성심이 부족한 탓이라며 비겁하게 발을 빼곤 했다. 그러다 원인도, 문제도 다 내 안에 있다는 사실을 한참 시간이 지난 후에야 깨달았다.

여전히 내 속엔 애정을 갈구하는 아이가 살고 있다. 그리고 인간관계마다 그 아이가 나타나 투정을 부리곤 한다.

'왜 애정을 더 많이 주지 않는 거지?'

'날 좋아해주지 않는 사람은 필요 없어!'

아이가 내 속에서 화를 낼 때면, 내가 말해준다.

'너 사랑을 받고 싶은 거구나? 그래, 이해해. 그 옛날 부모님한테 받고 싶던 사랑을 지금껏 갈구하고 있구나.'

내 말을 들은 아이는 투정을 멈추고 폴짝폴짝 뛰어 내 심연 속으로 숨어버린다. 언젠가 나의 세계가 견고해지면, 더 이상 아이의 투정을 들을 일도 없어지지 않을까?

우연한 행운은
삶의 묘미

살다 보면 짜릿한 우연을 경험할 때가 있다. 선물처럼 주어지는 그 경험들을 누군가는 쉽게 흘려보내지만, 또 누군가는 그 속에서 삶의 묘미를 발견하기도 한다.

김연수 작가의 책에 이런 이야기가 나온다.

어느 날, 그가 일본 니가타에 1미터가 넘는 눈이 내렸다는 뉴스를 보았다. 당시 그가 읽고 있던 책이 윤대녕의 《눈의 여행자》였는데, 그 배경이 하필 니가타여서 괜히 반가운 기분이 들었다는 것이다. 그런데 신기하게도 그날 저녁에 동네 술집에 갔다가 윤대녕을 만났다. 그리고 들뜬 마음에 김연수 작가가 외쳤다.

"오늘 눈이 1미터나 왔다는대요?"

나만이 발견할 수 있는 점들, 그리고 그 점들이 연결되는 순간의 짜릿함! 물론 상대는 알아들을 수 없을 테지만, 내가 이은 점들이 나를 얼마나 들뜨게 하는지 경험해본 사람들만은 이해할 수 있을 테다.

그런가 하면 무라카미 하루키도 신기한 우연을 경험했다.

젊은 시절 그가 아무리 열심히 일해도 삶이 좀처럼 나아지지 않던 때가 있었다. 은행에 갚아야 할 돈 때문에 부부는 나날이 근심이 늘어갔다. 그러다 급기야 내일까지 갚지 못하면 부도가 나는 처절한 상황에 놓이고 말았다. 부부는 망연자실하며 밤에 힘없이 길을 걸어갔다. 그런데 정말 이상하게도 꼬깃꼬깃한 돈이 바닥에 떨어져 있더란다. 게다가 더 믿을 수 없는 건 내일까지 갚아야 하는 금액과 똑같았다는 사실이다. 이 믿기 힘든 행운 덕분에 부부는 삶의 위기를 모면할 수 있었단다.

학창시절, 나에게도 행운이 한 번 있었다. 당시 우리 집은 밥만 먹고 살기에도 팍팍하던 형편이어서 간식이나 주전부리는 기대할 수도 없었다. 친구들이 삼삼오오 모여서 간식을 사 먹으러 다니는 모습이 부러워 나 혼자 울어버린 적도 있었다.

그러다 가끔 나는 내가 누릴 수 없는 것들을 목록으로 만드는 상상을 하곤 했다. 그럴 때마다 그 종이는 너무 길어서 두루마리 휴지처럼 돌돌 말고, 또 말아야 할 것 같았다. 게다가 목록이라고 해봤자 너무 평범하고 하찮은 것들이라 비참한 기분을 느끼기 딱 좋아 보였다.

생존 이상의 것은 '사치'로 여겨야 할 당시, 나는 삶이 왜 이렇게 불공평한지 누구에게라도 따져 묻고 싶었다. 하지만 주변엔 나처럼 딱딱하게 굳은 얼굴에 어깨가 축 처진 사람들뿐이라 내 마음을 꺼낼 엄두조차 낼 수 없었다.

그러던 어느 날 아침, 채 마르지 않은 머리를 탁탁 털며 집을 나서는 길이었다. 현관을 나서서 몇 걸음 옮기지도 않았을 때, 내 시선을 잡아끄는 것이 바닥에 단정하게 놓여있었다. 살랑 불어오는 바람에 맞춰 퍼덕이는 모습을 보자, 갓 부화한 작은 새라도 발견한 듯 내 마음에 경외심이 차올랐다. 그리고 다음 순간, 작은 새의 정체를 파악하곤 너무 놀라 숨이 턱 막히는 것 같았다. 반쯤 접힌 지폐 여러 장이 내게 반갑게 손짓했다.

'불쌍한 널 위한 특별한 선물이란다.'라는 말이 내 귀에 들려오는 것 같았다. 나는 얼른 손을 뻗었다. 바짝 마른 지폐가 손끝에서 바스락대던 순간, 삶이 늘 불공평하지만은 않다는 생각이 처음으로 들었다.

몸을 바로 세워 불안하게 주변을 둘러보았다. 여러 집들이 따닥따닥 붙은 구조에, 출근 시간이라 목격자가 있을 것만 같았다. 심장이 튀어나올 듯 펄떡펄떡 뛰어댔다. 다행히 목격자도, 지나가는 사람도 전혀 없었다. 나는 다시 현관문을 열고 집 안으로 뛰어 들어갔다. 다들 일찍 나간 덕분에 우리 집도 텅 비어있었다. 쿵쿵 울려대는 심장을 진정시키고 나는 가장 안전한 장소를 물색하기 시작했다.

그때 부엌 한쪽에 쌓인 그릇들과 그 위에 살포시 덮인 얇은 천이 보였다. 나는 얼른 다가가 그 천을 조심스레 들어올리고, 뒤집힌 그릇 하나도 마저 들어올렸다. 그리곤 그 아래에 돈을 놓고, 그릇으로 덮었다. 마지막으로 천을 그 위에 덮자, 마치 돈과 그릇을 품어주는 '어미 새'를 보는 듯 내 마음이 든든해졌다. 어미 새는 알을 노리는 적들에 맞서 사력을 다해 싸울 것이 분명했다. 나는 어미 새를 손끝으로 툭툭 치며 내 마음을 전했다. 그리곤 알을 품은 어미 새를 대신해 사냥을 나가는 아빠 새의 심정으로 학교로 뛰어갔다.

그날 학교에서 시간이 어떻게 흘러갔는지 기억나지 않는다. 그저 연신 심장 소리가 크게 들렸고, 행여나 어미 새가 적들에게 알을 뺏겼을까 봐 불안해서 손톱 끝을 자근자근 씹어대기만 했다. 하굣길, 나의 느러터진 발이 그날만은 육상선수 발처럼 가볍고 빨랐다.

'작은언니가 일찍 마치고 집에 왔으면 어쩌지?'

'큰언니는 오늘 몇 시에 온다고 했지?'

'도둑이 들어서 내 돈을 훔쳐갔으면?'

내가 생각할 수 있는 불길한 경우의 수를 하나씩 더듬으며 내달렸다. 그리고 익숙한 현관 앞에서 두 손 모아 기도까지 했다. 불행한 아이에게 온 행운이 부디 사라지지 않게 해달라고.

다행히 집은 고요했고, '어미 새'도 평온한 얼굴로 나를 반겼다. 그 순간, 세상 모든 것이 내 행운을 위해 움직이고 있는 것만 같았다. 벌벌 떨리는 손으로 어미 새와 그릇을 들어 올렸다. 탐스러운 알이, 아니 지폐가 내게 인사를 건넸다. 그러고 보니 아침에 정신이 없어서 돈을 세어보지도 못하고 밀어 넣었던 게 생각났다. 나는 손끝에 야무지게 침을 묻혀 접힌 지폐를 세기 시작했다. 제법 여러 장을 넘겼는데도 뒤에 늘어선 지폐들이 더 남아있었다. 순간 드라마에서 본 근사한 레스토랑이 떠올랐다. 손에 든 돈으로 생전처음 그런 곳에 갈 수 있을지도 모른다고 생각하자 낄낄 웃음이 새어 나왔다. 4만 5천 원!

당시로써는 엄청 큰돈이었다. 그렇게 큰돈을 손에 쥐어본 것도 처음이었고, 무엇보다 아무도 모르는 나만의 돈이 생긴 것이라 흥분을 감출 수가 없었다. 나는 그렇게 한동안 우두커니 서서 손으로 전해지는 돈맛을 느끼고 있었다.

그러다 문득 언니들 얼굴이 스쳐 지나갔다. 내 알을 탐낼 적들! 나는 돈을 움켜쥐고 다시 가장 안전한 '둥지'를 찾기 시작했다. 가구도 몇 개 없는 횅한 방을 정신없이 둘러봤다. 아무리 봐도 서랍장만큼 듬직한 녀석은 없어 보였다. 서랍장의 가장 아래 칸, 그곳에서도 가장 뒤편에 돈을 쑥 밀어 넣었다. 그리곤 다른 칸에 있던 옷들을 일부러 아래 칸으로 옮겨 빽빽하게 만드는 것도 잊지 않았다. 서랍이 꽉 찰수록 뒤편에 손이 닿을 확률도 줄어들 게 틀림없었다.

그날부터 매일 매일 나는 세상에서 부러울 게 하나도 없었다. 매일 천 원씩을 빼가서 간식을 사 먹었고, 친구가 사줬다고 둘러대며 작은언니에게 간식을 나눠주기도 했다. 그러다 언니가 아래 칸에서 옷을 찾기라도 하면, 깜짝 놀라 재빨리 서랍장 앞으로 달려갔다.

"뭘 찾는데?"

"그 파란 티셔츠 있잖아."

언니가 아래 칸을 휘저으며 말하면, 나는 언니를 살짝 밀치며 애써 웃었다.

"아! 그거 젤 위 칸에 있어."

그렇게 능청스럽게 가이드 역할을 해주며 내 행운을 잘 지켜냈지만, 결국 몇 달 만에 돈을 다 써버렸다. 더 이상 간식도, 뽑기도 내 것이 되지 못하자, 마음에 커다란 구멍이 생긴 것만 같았다. 물론 좋은 점도 있었다. 서랍장 앞에서 언니들에게 애써 친절할 필요도, 행운이 사라질 것을 걱정할 필요도 없어졌다.

어쩌면 그때, 나는 소유와 집착에 관해 어렴풋이 깨달았는지도 모른다. 무언가를 소유하는 건 집착을 동반하는 것이고, 상당한 에너지를 필요로 한다는 진리 말이다.

하여튼 살면서 그때만큼 행복했던 적이 있었냐고 누가 묻는다면, 나는 없었다고 대답할 테다. 간식으로 배를 불리는 일보다, 내가 간식을 '선택' 할 수 있다는 사실에 행복했고, 문방구에서 뽑기를 하다 '하나 더'가 나오면, 그날은 세상에서 가장 운이 좋은 아이가 된 것 같아 즐거웠다.

살면서 문득 문득 생각한다.

'그 행운들이 삶의 묘미이자 나를 살게 하는 힘이 아닐까? 그리고 그런 묘미들을 기대할 수 있는 인생이라 살 만한 거겠지.'

좋을지 나쁠지
누가 알겠나?

아잔 브라흐마의 책 《시끄러운 원숭이 잠재우기》에 흥미로운 이야기가 나온다.

옛날에 한 왕이 살았다. 그가 사냥을 나갔다가 손을 다쳐 수행의사를 불렀다. 의사는 상처를 치료하고 왕의 손가락에 붕대를 감았다.

"아무 일 없겠느냐?"

"좋을지 나쁠지 누가 알겠습니까?"

의사의 대답은 애매모호했다. 그날 오후, 왕은 덧난 상처 때문에 다시 의사를 불렀다. 그리고 이번에도 같은 질문을 했다.

"확실히 괜찮겠는가?"

"좋을지 나쁠지 누가 알겠습니까?"

시간이 갈수록 왕의 불안은 높아져 갔다. 그러다 며칠 후, 왕의

상처가 심하게 곪아 손가락을 아예 절단하게 되었다. 격분한 왕
이 의사를 즉시 감옥에 가두어 버렸다.

"감옥에 갇히니 기분이 어떤가!"

"감옥에 갇힌 게 좋을지 나쁠지 누가 알겠습니까?"

의사의 대답은 이번에도 똑같았다.

내가 필리핀 하숙집에 머물 당시, 한번은 꽤 어린 룸메이트와 지
내게 되었다. 대학 진학 대신 어학연수를 왔다던 그녀는 앳된 얼굴
에 피부가 희고 매끈했다. 그녀의 생글거리는 웃음 덕에 우린 자주
수다를 떨며 함께 시간을 보냈었다.

그런데 시간이 지날수록 그녀가 슬쩍슬쩍 내 눈치를 보기 시작했
다. 처음에는 그저 나이 차이 때문인가 싶었다. 그런데 가만히 지켜
보니 그게 전부는 아니었다. 알고 보니 그녀는 대단한 골초였다! 당
시 우리 방은 화장실이 방 안에 있는, 모두가 탐내는 '인기 방'이었
다. 그런데 그녀가 매번 화장실에서 담배를 피우니 연기가 고스란
히 방으로 밀려 들어왔다. 냄새를 덮을 요량으로 그녀는 부지런히
방향제며 향수를 뿌려댔지만, 소용없었다. 그렇다고 다른 화장실이
나, 외부에서 피우라고 하기에도 좀 애매한 구석이 있었다. 갓 스무
살이 된 그녀가 사람들의 시선을 아예 무시할 순 없었기 때문이다.

몇 주 후, 손가락 상처가 아문 왕이 또다시 사냥을 나갔다. 한참

동물을 쫓아가던 왕은 길을 잃었고, 급기야 토인들에게 잡히고 말았다. 게다가 하필이면 토인들의 축제날이어서 왕을 제물로 바치기로 했다. 나무에 묶여 죽을 시간만 기다리던 왕은 두려움에 벌벌 떨었다. 잠시 후, 드디어 무당이 칼을 들어 올렸다. 그런데 깜짝 놀란 무당이 멈췄다.

"이 사람은 손가락이 아홉 개밖에 없다. 제물로 쓰기엔 불경스럽다. 풀어줘라."

그렇게 구사일생으로 왕은 풀려나게 되었다.

하루는 내가 외출했다가 방에 들어오니, 룸메이트가 보이지 않았다. 해가 지기 전엔 오겠지 싶었는데, 밖이 어둑해졌는데도 감감무소식이었다. 슬쩍 걱정이 되어 하숙집 주인에게 말했더니, 주인 표정이 순식간에 어두워졌다. 고개를 갸우뚱하며 방으로 다시 돌아온 나는 그제야 룸메이트 옷장이 살짝 열린 것을 발견했다. 조심스레 옷장을 열어보니, 자질구레한 물건 몇 가지를 제외하곤 감쪽같이 사라진 것이 아닌가. 게다가 젤 아래에 놓여있던 캐리어도 보이지 않았다.

'하숙집을 옮긴 건가? 담배 피우는 것 때문에 내가 눈치를 줘서 그런가? 인사라도 하고 가지 왜 말도 없이 그냥 간 거지?'

가만히 생각해보니 모든 것이 이상했다. 책도 제대로 챙겨가지 않았고, 바닥에 물건도 어지럽게 나뒹구는 걸로 봐서 급하게 짐을 챙긴 것이 확실했다. 나는 침대에 걸터앉아 그녀의 옷장을 물끄러미 바라보았다. 그러다 나란히 선 내 옷장으로 시선을 던졌다.

'설마…… 아니겠지?'

갑자기 등골이 서늘해지는 불쾌한 기운이 날 에워쌌다. 허겁지겁 내 옷장을 열었다. 다행히 특별히 사라진 건 없었다. 다음 순간, 쌓인 옷 아래로 내가 거칠게 손을 찔러 넣었다.

'헉! 사라졌다!'

순간, 눈앞이 캄캄해져서 몸이 휘청했다. 필리핀에 도착한 지 얼마 되지 않았을 때라 나는 달러를 꽤 많이 가지고 있었다. 딱히 숨길 곳이 없어 옷 아래에 밀어두었는데 그녀가 내 옷장을 샅샅이 뒤진 게 틀림없었다. 그제야 나는 그녀가 왜 내 눈치를 살폈는지, 왜 내가 외출한 사이에 급하게 짐을 챙겨 달아났는지 이해할 수 있었다. 망연자실한 얼굴로 하숙집 주인에게 이야기하니, 주인은 이미 예상했다는 얼굴로 나를 쳐다봤다. 알고 보니 한국에서도 이미 비슷한 사고를 쳐왔던 탓에, 버거워진 엄마가 공부를 핑계로 그녀를 필리핀으로 보내버린 것이었다. 그래도 그나마 다행인 건 하숙집 주인과 그 엄마가 잘 아는 사이라서 내 돈을 돌려받는 데는 문제가 없을 거란 사실이었다.

목숨을 구한 왕이 궁으로 돌아왔다. 그리곤 곧장 감옥에 갇힌 의사에게로 달려갔다.

"자네가 계속 '좋을지 나쁠지 누가 알겠느냐'고 하기에 말도 안 되는 소리라고 생각했었는데, 이제 보니 자네가 옳았어. 손가락을 잃어버린 게 좋았던 거야. 하지만 자네를 감옥에 가둔 건 내가 나빴어. 미안하네."

왕의 말을 듣고 있던 의사가 눈을 크게 뜨며 말했다.

"무슨 말씀이십니까? 제가 감옥에 갇힌 게 나쁘다니요? 오히려 아주 좋은 일이었습니다. 만약 그렇지 않았으면 저는 폐하의 사냥에 따라나섰을 것이고, 제가 토인들에게 잡혔다면 제물이 되어 목숨을 잃었을 겁니다. 저는 열 손가락이 다 있으니까요!"

의사의 말 '좋을지 나쁠지 누가 알겠습니까?'는 우리 인생에도 꼭 들어맞는다. 어떤 사건도 완전히 좋거나, 완전히 나쁘지 않기 때문이다.

하숙집 사람들이 돌아가면서 나를 위로했다.

"어쩜 이런 일이 다 있니? 좀 괜찮아? 엄청 놀랐지?"

"훌훌 털어버리고 좋은 생각만 해."

"갑자기 혼자 방 쓰니까 적적하지?"

물론 처음에는 나도 살짝 우울했었다. 하지만 시간이 갈수록 '도난사건'이 아주 나쁘지만은 않다는 걸 깨달았다. 우선, 담배 냄새로부터 해방되어 절로 콧노래가 흘러나왔다. 어디 그뿐인가? 화장실이 따로 있는 방을 혼자 계속 쓰다 보니 그렇게 편할 수가 없었다.

그리고 늦게까지 TV를 보아도 눈치 볼 사람 하나 없었고, 언제든지 목청껏 노래도 부를 수 있었다. 몇 주 후, 마침내 그 아이 엄마가 돈을 송금해 주었다. 그러니 '도난사건'마저도 좋을지 나쁠지 누가 알 수 있겠는가?

나를 키우는
고운 말

그리스 철학자 디오게네스가 스승인 탈레스에게 물었다.

"세상에서 가장 어려운 일은 무엇입니까?"

"자기 자신을 아는 것이다."

"그럼 세상에서 가장 쉬운 일은 무엇입니까?"

"남에게 충고하는 것이다."

나는 탈레스의 말을 그리 진지하게 생각해 본 적이 없었다. 그저 소크라테스의 '너 자신을 알라'와 같이 빈번하게 회자되는 경구 정도로만 생각했었다. 그런데 어느 날, 그 말이 가진 무게감을 선명하게 느낀 일이 있었다. 그리고 그 일로 인해 나 자신을 들여다보고 깊이 반성도 하게 되었다. 알고 보니 나는 세상에서 가장 어려운 일에 집중하지 않고, 가장 쉬운 일만 하는 사람이었다. 그것도 습관처럼 말이다.

얼마 전, 내 블로그에 이웃이 남긴 댓글을 무심히 읽다가 나도 모르게 움찔하며 자세를 고쳐 앉았다. 나와 정치적 의견이 다른 지점을 발견한 탓이었다. 평소 나는 늘 되뇌곤 했다.

'상대에게 내 의견을 강요하거나, 충고하지 말자. 상대의 의견을 존중해 주자.'

그런데 이 생각을 선명하게 불러오기도 전에, 나도 모르게 댓글로 내 의견을 주저리주저리 늘어놓고 있는 게 아닌가. 내가 당사자도 아니고, 이해관계가 있는 것도 아니고, 심지어 내가 들은 '사실'이 완전하다는 확신도 없었는데, 그야말로 '나만의' 의견을 피력하는 데 열성을 쏟고 말았다. 당연히 이웃 블로거는 나의 경솔함에 서운함을 드러냈다. 그런데도 나는 오직 내 생각의 정당성에만 집중하고 있었다.

그날 밤, 차분히 돌아보니 문득 부끄러움이 밀려왔다. '상대의 의견을 존중해 주자'고 생각만 하고선, 정작 이견을 견디지 못하고 충고하듯 내 말을 늘어놓다니, 얼마나 우스운 일인가. 탈레스가 말한 세상에서 가장 어려운 일을 행동으로 했어야 마땅하다는 반성이 그제야 들기 시작했다.

다음 날, 나는 이웃 블로거에게 정중하게 사과했다. 더불어 내 생각이 짧았다는 사실도 털어놓았다. 다행히 그가 넓은 마음으로 사과를 받아주자 나는 다시 다짐했다.

'상대의 의견이 나와 다르다고 지적하거나 충고하지 말자.'

하루는 한 모임에 갔었다. 새로 참석한 사람들이 의견을 내기 시작하자, 나는 동의할 수 없어 입술을 달싹였다. 그리고 하고 싶은 말이 목구멍까지 차오른 순간, 최선을 다해 꿀꺽 삼켜버렸다. 그 이웃 블로거가 떠올라서였다! 같은 실수를 반복하고 싶지 않았던 나는 입술을 꽉 깨물었다. 그렇게 내가 입을 닫고 있는 동안, 날 선 의견들이 서로를 향해 휙휙 날아갔다.

그런데 참 신기했다. 내가 굳이 반대 의사를 강력하게 표하지 않았음에도 자연스럽게 반대 의견으로 결론이 나고 있는 게 아닌가. 평소의 나 같았으면 반대에 대한 근거를 제시하며 혼자 '쿨한 척'을 하고도 남았을 상황이었다. 하지만 굳이 내가 말하지 않아도 상황은 '마땅히 가야 할 방향'으로 자연스럽게 흘러가고 있었다.

그때 또 한 번 깨달았다. '그동안 내가 괜한 짓을 했던 거구나.' 굳이 하지 않아도 될 말을 충고라는 이름으로 하면서 타인에게 얼마나 많은 상처를 줬을까? 그것도 꽤 논리적이고 합리적인 척하는 모양새로. 집으로 돌아오는 길, 그동안 내가 참지 못하고 뱉은 충고들이 쏟아지는 화살처럼 내게로 날아들었다. 그리고 부끄러워서 마음이 한없이 가라앉고 말았다.

'그래, 그건 쿨한 게 아니라, 경솔한 거였어.'

앞서 말한 이웃 블로거가 어느 댓글에 이해인 수녀의 시집을 좋아한다고 적은 것을 보았다. 그래서 어제 도서관에 간 김에 한 권을 빌려왔다. 한 편 한 편 마음에 새기듯 읽다가 〈나를 키우는 말〉이라는 시에서 뜨끔해지고 말았다. 시의 후반부에 이런 구절이 나온다.

아름답다고 말하는 동안은
나도 잠시 아름다운 사람이 되어
마음 한 자락이 환해지고
좋은 말이 나를 키우는 걸
나는 말하면서
다시 알지

우리를 키우는 말은 '행복하다' '고맙다' '아름답다'와 같은 귀한 말들인가 보다. 그럼 내가 지금껏 했던 '그건 틀렸어' '내 말이 맞아' '그럴 리 없어' 등은 절대 나를 키우지 못한다는 뜻일 테다.

다시 탈레스의 말로 돌아가 나는 세상에서 가장 어려운 일, 그러니까 나 자신을 아는 일에 더욱 많은 시간을 들일 생각이다. 그리고 입버릇처럼 되뇌일 테다.

"행복하다, 고맙다, 아름답다."

불운이 가져온
뜻밖의 유머

나는 한때 이런 고민을 한 적이 있다.

'왜 내가 하는 모든 일들은 불운으로 끝나는 것일까?'

그러던 어느 날, 만화 속 찰리 브라운을 보고 괜스레 내 속이 더 갑갑해지고 말았다. 마치 불운을 위해 태어난 사람처럼 그는 '불운의 아이콘'이었기 때문이다. 그가 속한 야구팀은 한 번도 이긴 적이 없었다. 게다가 체커 게임에서는 1만 번 연속 패배라는 믿기 힘든 기록도 남겼다. 물론 그보다야 덜 불운했지만, 나도 크고 작은 불운들과 늘 함께 살아왔다.

오래전, 우연히 구두 상품권을 선물 받았을 때, 친구 말이 번쩍 떠올랐다.

"하이힐을 신으니까 세상이 완전 달라 보이는 거 있지? 자신감이 상승하는 건 물론이고, 얼마나 당당해 보이는지 몰라! 너도 꼭 하이힐을 신어 봐!"

나는 곧장 구두 가게로 달려갔다. 그런데 바싹 마른 입술에 침을 묻혀 여러 번 물을 정도로 구두 가격은 아주 비쌌다. 나는 오랫동안 서성이다가, 어쩔 수 없이 상품권에 비상금까지 더해 난생처음 7센티 하이힐을 구입했다. 구두 가게에서 신어보았을 때, 나의 도톰한 평발이 조금 버거워하는 느낌이 있긴 있었다. 하지만 그렇다고 영 못 신을 정도는 아니어서 나는 신발에 내 발을 맞추기로 굳게 다짐했다. 집에 도착하자마자 나는 구두를 신고 거울 앞에서 온갖 포즈를 취하며 까르르 웃었다. 그러고 보니 친구 말이 진짜였다. 순식간에 머리꼭지가 하늘과 가까워지자 어깨도 곧게 펴지고, 얼굴에 자신감도 들어찼다.

다음 날, 또각또각 경쾌한 소리를 뽐내며 학교로 향했다. 버스를 탔을 때까지만 해도 모든 것이 순조로웠다. 신발 모양에 맞춰 발이 진화하는 듯한 착각이 들 정도로 둘은 환상적인 호흡을 자랑했다. 하지만 잠시 후, 막 지하철에 올랐을 때, 발의 옆면이 '따끔따끔' 신호를 보내 왔다. 걸을 때마다 살이 쓸린 모양이었다. 하지만 새 구두에 그 정도 상처쯤은 통과의례처럼 보였기에, 나는 더 자신있게 걸었다.

학교에 도착하자 친구가 내 하이힐을 극찬했다. 디자인이 세련되었다는 둥, 옷 색깔과도 완벽하게 어울린다는 둥, 듣고 있으니 이런 멋진 구두를 산 내가 한없이 자랑스러웠다. 다만 수업을 듣는 동안, 나는 주변 눈치를 살피곤 후끈 달아오른 발을 구두 밖으로 꺼내 열감을 날려주어야 했다.

집에 돌아갈 시간이 되어 시원해진 발을 다시 구두에 넣으려니 막막해졌다. 지하철역까지 걸어가는 동안, 나도 모르게 오만상을 써댔다. '따끔따끔'이 어느새 '푹푹' 쑤시는 고통으로 발전하고 있었다. 겨우 지하철에 올라 발을 들여다보니 못 보던 커다란 물집이 날 노려보고 있는 게 아닌가.

'역시 나는 또 불운하구나. 생전 처음 비싼 구두를 신었는데, 이 구두가 나를 공격하다니! 내 이럴 줄 알았어!'

하이힐로 얻으려던 자신감이 날아간 것은 둘째치고, 비싼 구두 값이 너무 아까워 울고 싶어졌다. 다음 순간, 지하철이 덜컹, 몸을 흔들자 내 모든 신경이 발에 쏠렸다. 손잡이를 단단히 부여잡고도 정신이 혼미해져 등에서 식은땀이 흘러내렸다. 잠시 후, 전철역에 연결된 지하상가로 들어서는 순간, 나도 모르게 '악!'소리를 질러버렸다. 물풍선이 터지듯 물집이 터져버린 탓이었다! 순간 '후끈'하던 발의 열감은 어느새 '펄펄'로 바뀌어 있었다. 당장 발을 꺼내지 않으면 무슨 일이 생길지 알 수 없었다.

저녁 시간, 번잡한 남포동 지하상가에는 사람들이 분주하게 오고 갔다. 나는 일단 살기 위해 신발을 벗었다. 바닥의 냉기가 발에 닿자마자 '아! 살 것 같다!'라는 말이 절로 새어 나왔다. 지나가는 사람들이 내 얼굴과 발을 번갈아 쳐다보며 호기심 어린 시선을 보냈다. 나는 개의치 않았다. 생과 사의 갈림길에 선 것처럼 발의 외침이 필사

적이었기 때문이다. 몇 분 그렇게 발을 식혀주고, 다시 신발을 신었다. 하지만 하이힐에 발을 밀어 넣자마자 '악' 소리가 노래처럼 흘러넘쳤다. 할 수 없이 '삼보일배'를 하듯 두세 걸음 만에 신발을 벗으며 걸어가다 서기를 반복했다.

결국 버스를 타고 집에 오르는 길에는 찔끔 눈물도 났다. 만약 가진 돈이 있었다면 지하상가에서 저렴한 신발이라도 구입했을 텐데 하는 아쉬움이 밀려들었다. '불운'의 하이힐을 사느라 돈을 다 써버린 탓에 주머니에선 짤랑짤랑 소리만 우울하게 들려왔다. 저 멀리 우리 집 대문이 보였다. 나는 후다닥 신발을 벗었다. 뾰족한 돌들이 발바닥을 쑤셔댔지만, 터진 물집에 비하면 그저 간지러운 정도였다.

잠시 후, 현관에 들어서자마자 나는 '불운'의 하이힐을 사정없이 던져 버렸다. 하지만 그 순간 피 같은 돈 생각이 나서 차마 호기롭게 버릴 순 없었다. 그날 이후, 하이힐은 신발장 속에서 다시 광명을 찾는 날만 손꼽아 기다리는 신세가 되었다. 물론 그날은 다시 오지 않았지만!

찰리 브라운을 그린 작가 찰스 슐츠의 삶도 불운하긴 마찬가지였다. 어릴 적, 극장에서 선착순 500명에게 캔디 바를 선물로 주는 행사가 열렸다. 그의 차례가 되자 참으로 불운한 말이 날아들었다.

"미안하구나. 캔디 바가 떨어졌어."

딱 501번째 아이가 바로 그였기 때문이다.

어쩌면 만화 속 찰리 브라운은 그 자신인지도 몰랐다. 매사 용기 없는 표정으로 온갖 불운들을 다 겪는 자신을 찰리 브라운으로 출연시킨 게 아닐까?

누군가 찰스 슐츠에게 비난을 퍼부은 적이 있었다. 그렇게 비관적인 만화가 말이 되느냐고 말이다. 그런데 비난에 대한 그의 대답이 무척 흥미롭다.

"행복에서는 유머가 나오지 않는다. 행복한 상태에는 재미있는 요소가 전혀 없다. 유머는 슬픔으로부터 나온다."

그의 말을 곱씹어보면 일견 타당해 보인다. 내 기억 속에 오래 각인된 추억들은 대부분 슬픔을 동반한다. 그럼 그 기억들을 되새길 때 슬픈 감정만 있느냐 물으면, 물론 아니다. 돈이 없어서 생긴 에피소드나 처절한 순간에 겪은 일들은 이제 내가 꺼내놓을 수 있는 무수한 '유머' 중 하나가 되었다. 그날 금방이라도 울 것 같은 얼굴로 높은 하이힐에서 연신 내려왔던 일처럼 말이다.

당시엔 내 불운에 매몰되어 한껏 고통스러웠지만, 지나고 나니 그저 '웃긴 이야기'가 되었다. 운동화의 푹신함이 발에 착 감기는 순간마다, 나는 그날을 떠올린다. 더 이상 하이힐에 발을 밀어 넣지도, 하이힐에서 잽싸게 내려올 필요도 없어진 지금이 바로 '행운'이 아닐까 생각하면서 말이다.

'행운'이 반짝이는 이유는, 그 전에 무수히 지나갔던 '불운들' 덕분일 테다. 그리고 불운들은 우리에게 '유머'로 기억될 에피소드임에 틀림없다. 그러니 불운이 닥쳤을 때, 이렇게 생각해보면 어떨까?

'이번엔 또 얼마나 큰 유머를 주려고 이러는 거야?'

진짜 소통에
관하여

책 《반성》에서 작가 이승우는 사람과 사람 사이의 멀어진 관계를
서술하며 안타까워했다. 옛날엔 짧은 원고 한편이라도 무조건 발품
을 팔아 편집자들을 찾아다녔고, 그것도 모자라 그들과 눈을 맞추
고 차나 밥을 먹는 일이 흔했다고 한다. 어디 그뿐인가, 간혹 술잔을
기울이며 속을 터놓고 인간적인 친분을 쌓는 일도 예사였단다.

그는 한 월간 잡지에 2년 동안 소설을 연재했던 이야기를 털어놓
으며 씁쓸해했다. 매달 초, 편집자가 전화로 원고 마감일과 주의점
등을 알려주곤 했는데, 전화 말미에는 늘 이렇게 말했단다.

"언제 한번 얼굴을 보지요."

그렇게 매달 전화통화를 하고, 이메일로 원고를 보내고, 계좌로
원고료를 받는 일들이 2년 동안 줄기차게 이어졌다. 그러다 어느 순
간 혼자 흠칫 놀랐단다. 어느새 본인도 그 형식적이고 영혼 없는 말
을 전화 말미에 하고 있었기 때문이다.

"언제 한번 얼굴을 보지요."

결국 2년 동안의 연재 중에 둘은 한 번도 만나지 않았다. 그는 이 일로 '비대면'이 일상처럼 스며든 것은 물론이고, 의미 없는 인사말로 약속 아닌 약속을 하는 일이 얼마나 허무한지를 절절히 깨달았다.

나도 몇 달 전에 한 원고를 '비대면'으로 계약했다. 출판사들은 보통 서울이나 파주에 있기에 주로 서울에 있는 커피숍에서 만나 계약서를 작성하곤 한다. 그런데 어느 날, 오래전에 투고한 출판사에서 연락이 왔다.

"작가님, 서울에 사시는 거 아니죠?"

편집자가 물었다.

"네."

"서울로 오시면 좋은데…… 그냥 계약서는 등기로 보내 드릴게요. 사인하셔서 한 부는 다시 보내주세요."

"아, 네! 그런데 출간 시기나 그림은 어떻게 되는 건가요?"

"그건 확정되지 않아서 뭐라고 말씀드리기 어렵네요."

그렇게 불분명한 전화 한 통으로 계약이 이루어졌다. 이후엔 등기와 이메일, 전화로 착착 진행되었기에 편집자가 어떤 사람인지 나는 전혀 아는 바가 없다. 물론 처음에는 서울까지 가는 수고로움이 없으니 막연히 좋다고만 생각했었다. 그런데 세부 사항을 물어보기가 영 편치 않다는 걸 뒤늦게 깨달았다.

이전에 직접 대면하고 계약을 했던 편집자는 궁금한 게 있으면 언제든 문자나 SNS로 물어보라는 상냥한 말과 함께, 진행 사항을 업데이트 해주는 센스까지 발휘하였다. 그에 비해 비대면의 '딱딱함'은 그런 배려로부터 나를 멀찍이 떨어뜨려 놓았다.

한번은 지인과 소통에 관해 대화를 나눈 적이 있다.

"가끔 이런 생각 안 해봤어요? 온라인이든 오프라인이든 그저 온전히 내 이야기에 집중해주고, 완전히 수용해주는 사람이 있다면 참 좋겠다구요."

"누구나 그런 바람이 있을 거야. 진정으로 이해받고 싶은 순간들이 있잖아."

비단 나만의 희망이 아니어서 한편으론 다행이다 싶었다.

"호주에 경청 알바가 있다니까 나도 거기나 가볼까요? 친절하게 내 이야기에 집중해줄 거잖아요."

내가 농담처럼 말하자 지인이 뭔가 생각났다는 얼굴을 했다.

"한국에도 있어!"

"정말요? 경청 알바가 진짜 있어요?"

"어느 카페에 구인 글이 올라왔더라고. 자기 이야기를 들어줄 사람을 구한다고. 시간당 2만원이래."

내 눈이 커다래졌다.

"우와! 완전 꿀알바네요. 나 경청도 자신 있는데, 도전해볼까요?"

우린 키득키득 웃으며 머릿속으로 상상했다. 처음 보는 사람의 이야기를 가만히 듣고 있는 상상! 가끔은 웃거나, 울면서 상대의 이야기에 고개를 끄덕이는 상상! 그런데 일면식도 없는 사람에게 속내를 털어놓고 싶은 사람의 심리는 무엇일까? 어쩌면 주변에 진짜 소통하고, 이해해줄 사람이 없어서는 아닐까? 어딘가 모르게 좀 쓸쓸한 기분이 들어 나는 끝내 웃음기를 지우고 말았다.

그때 이승우 작가의 말이 생각났다.

"눈은 사람의 내부로 들어가는 문입니다. 눈을 바라보지 않고 사람의 내면으로 들어가는 것은 불가능합니다. 연인들이 왜 그렇게 서로의 얼굴을 지루해하지 않고 오랫동안 바라보는지 생각해볼 일입니다. 연인이 얼굴을 바라볼 때 연인은 멈춘 시간의 안쪽으로 들어가는 것입니다. 완전하고 참된 소통은 거기서부터 시작되는 걸 겁니다."

그런 의미에서 눈을 바라보지 않는 '비대면'은 진짜 소통이라 부르긴 힘들지 않을까? 그에 반해 자신의 이야기에 귀 기울여줄 낯선 사람의 눈을 바라보려는 시도는 그나마 '진지한 소통'일지도 모른다. 결국 진짜 소통을 원한다면 경청 알바든 누구든 직접 만나 눈을 들여다봐야 한다는 뜻이다. 이승우 작가가 글의 마지막에 쓴 것처럼 말이다.

"하지만 이 원고도 아마 이메일로 보내게 될 겁니다. 전화가 오면 이렇게 인사하겠지요. 권형, 언제 한번 봐. 이번에는 정말로 빈말이 되지 않도록 꼭 한번 보러 가겠습니다."

추억의
빨간 운동화

아이들 웃음소리가 새소리보다 더 맑게 울려 퍼졌다. 골목길을 지나던 나는 그 웃음소리에 이끌려 아이들 뒷모습을 쫓았다. 커다란 철 대문 안을 기웃거리던 아이들이 친구 이름을 불렀다. 그리곤 못 참겠다는 듯 큭큭, 웃음소리를 냈다. 잠시 후, 운동화를 질질 끌며 아이가 나오자, 친구들은 일제히 골목으로 흩어졌다. 친구들의 장난을 이해한 아이는 사라지는 옷깃들을 찾으러 골목을 내달렸다.

그 뒷모습이 어릴 적 내 친구와 꼭 닮아 있어 나는 사라지는 아이 뒷모습에서 눈을 뗄 수 없었다.

초등학교 때, '희경'이라는 까무잡잡한 친구랑 단짝처럼 붙어 다닐 때였다. 하루는 희경이가 진지하게 말했다.

"나…… 좋아하는 사람 생겼어."

말끝에 늘 웃음을 매달던 희경이가 그날 처음으로 어른 같은 표정을 지었다.

"누군데?"

나도 덩달아 진지한 표정을 짓고선 물었다.

"이름은 아직 몰라. 그냥 신발만 알아."

"신발?"

신발이라는 말이 너무 웃겨서 나도 모르게 키득키득 웃었다. 그런데 희경이는 '세상에서 가장 중요한 신발' 이야기를 한다는 듯 전혀 웃지 않고 있었다.

"응! 늘 빨간 운동화만 신고 다니거든."

다음 날부터 우리는 '빨간 운동화'에 관한 정보를 모으기 시작했다. 그는 우리 학교 6학년, 그러니까 우리보다 한 학년이 높았고, 희경이랑 같은 골목에 살고 있었다.

"내가 편지를 써봤는데 말이야…."

며칠 후, 희경이가 주섬주섬 종이를 꺼냈다. 그런데 구깃구깃한 종이를 펼친 순간, 내 표정이 종이보다 더 구겨지고 말았다. 글씨는 물론 내용도 형편없던 편지는 대략 이런 내용이었던 것 같다.

"오빠! 저는 희경이에요. 우리 잘 지내봐요."

내가 배를 잡고 웃자, 얼굴이 벌개진 희경이가 나를 째려봤다.

"이런 내용으로 '빨간 운동화' 마음을 얻을 수 있을 것 같아? 나한테 맡겨 봐!"

내가 당당하게 말하자, 그제야 희경이 눈매가 슬쩍 풀어졌다. 집에 돌아온 나는 하얀 종이에 갖가지 색깔 펜으로 커다란 여백을 채워나갔다. 빨간 운동화가 오빠에게 얼마나 잘 어울리는지, 오빠 이름을 발음할 때 그 소리가 얼마나 경쾌한지, 그리고 오빠네 대문 색깔이 얼마나 근사한지에 관한 찬사들이었다.

다음 날, 희경이와 난 '빨간 운동화' 집 대문 앞에서 잔뜩 소심한 목소리로 오빠 이름을 불렀다. 한참 있다가 '빨간 운동화'가 늘 신는 빨간 운동화를 질질 끌면서 나왔다. 당황한 희경이가 얼굴이 벌개져서는 내가 쓴 편지를 마당으로 툭 던져넣었다. 당황하긴 나도 마찬가지여서, 우린 누가 먼저랄 것도 없이 손을 잡고 신나게 도망쳤다. 웃음이 어찌나 터져 나오던지 골목길을 우리 웃음소리로 다 채워도 남을 것만 같았다.

"읽었을까?" 숨을 헐떡거리며 멈춰선 희경이가 물었다.

"그럼 당연하지! 이제부터 '빨간 운동화'가 널 좋아하게 될 거야!"

내가 쓴 편지가 근사하다고 생각해서였을까? 나는 편지로 '빨간 운동화' 마음을 사로잡을 수 있을 거라 굳게 믿고 있었다. 다음 날, 우리는 경계심 많은 생쥐처럼 눈알을 요리조리 굴리며 '빨간 운동화' 집 철문에 또 매달렸다. 그런데 이번엔 이름을 부르지도 않았는데, '빨간 운동화'가 딱 맞춰 나왔다. 우린 가슴이 팔랑거려 골목을 시원하게 달리고 싶었지만, 그의 반응을 살펴야 해서 꾹 참고 있었다.

그때 '빨간 운동화'가 고개를 들어 우릴 쳐다봤다. 심장이 쿵, 발끝까지 닿을 기세로 떨어졌다. 희경이도 나도 얼음이 된 듯 가만히

서 있었다. 그러자 '빨간 운동화'가 선한 눈꼬리는 아래로 내리고, 귀여운 입꼬리는 위로 끌어올렸다. 순식간에 동그란 웃음꽃이 얼굴 가득 핀 것 같았다. 딱히 '빨간 운동화'를 좋아하지 않았던 나마저도 그 순간만큼은 넋을 잃고 말았다.

"안녕!" 빨간 운동화가 처음으로 우리에게 인사했다. 물론 희경이에게 인사한 거겠지만! 얼굴이 새빨개진 희경이가 잠자코 있기에, 내가 팔꿈치로 툭 쳤다.

"아…… 아…… 안녕…… 하…… 세……요."

희경이가 얼마나 더듬거리던지 그날 안에 '안녕하세요'가 끝날지 걱정이 될 정도였다. 인사를 받은 '빨간 운동화'가 또 한 번 싱긋 웃었다. 햇살을 머금은 웃음꽃이 얼마나 예쁘던지, 조금만 더 보고 있었다면, 나도 모르게 고백을 했을지도 몰랐다.

어색하게 눈빛들이 마주치자, 희경이랑 나는 그때처럼 손을 잡고 골목을 쌩 달렸다. 까르르 까르르 우리 웃음소리가 골목을 기분 좋게 흔들어댔다. 그 후 희경이는 '빨간 운동화'를 몇 번 만나 이야기를 나누는 듯했다. 그런데 어느 순간부터 '빨간 운동화'에 대한 얘기가 서서히 줄고 있었다.

"너 빨간 운동화 이제 안 만나?"

"몇 번 이야기 해보니까 좀 재미없더라고!"

손사래를 치며 말하는 희경이 때문에 나는 눈물 나도록 웃어댔다. 철 대문에 매달려 '안녕하세요'도 제대로 못하던 모습이 떠올라서였다.

"그래도 너 내 은혜 잊지 마! 네가 쓴 쪽지로는 어림도 없었을 테니까!"

내가 잘난 척하듯 툭 말했다.

"그래, 맞아! 내가 생각해도 내 쪽지는 정말 별로였어. 다 네 덕분이야!"

우린 얼굴이 벌개지도록 웃고 또 웃었다.

도망갔던 아이들이 골목을 한 바퀴 돌아 다시 철문 앞에 섰다. 그리곤 뒤꿈치를 들어 올려 안을 들여다봤다. 그 사이 한 바퀴를 돌고 온 집주인 아이가 살금살금 친구들 뒤로 다가갔다.

"워!"

소리치는 순간, 깜짝 놀란 아이들 어깨가 파르르 떨렸다.

잠시 후, 동그랗게 모여선 아이들이 웃음을 터트릴 때마다 그 작은 볼들이 빨갛게 물들었다.

나는 아이들 웃음소리에 희경이와 나, '빨간 운동화'의 추억을 살포시 얹었다. 그리고 뚜벅뚜벅 골목을 빠져나오며 생각했다.

'희경이와 빨간 운동화도 기억하면 좋겠다. 그 옛날 우리의 풋풋한 추억들을!'

말의 크기는
마음의 크기

김윤나의 책 《말그릇》에 이런 말이 나온다.

"말그릇이 작은 사람은 조급하고, 틈이 없어서 다른 사람들의 말을 차분하게 듣질 못한다. 자신이 하고 싶은 말로만 말그릇을 꽉 채운다. 또한 평가하고 비난하기를 습관처럼 사용한다. '객관적으로 말이야!' '다 그렇게 생각해'와 같은 말로 자신의 의견을 포장하지만 사실 '옳고 그름의 기준'을 언제나 자신에게 둔다."

마치 나를 꿰뚫어보고 쓴 것 같아서 읽는 순간 얼굴이 화끈거리고 말았다. 저자는 조언한다. '자신의 말그릇과 비슷한 주변인을 찾아보라'고.

가만히 생각해보니 우리 큰언니가 나와 제법 비슷하다. 그런데 문득 이런 생각도 들었다.

'나는 큰언니 화법이 참 싫었는데…… 어느새 그 화법을 쓰고 있구나……'

부모의 싫은 행동을 아이가 따라 하듯이 그렇게 나도 큰언니를 따라 하고 있는 것 같았다.

큰언니의 '논쟁' 중에 잊히지 않는 사건이 있다. 인터넷에서 중고 제품으로 구입한 강아지용 옷이 도착한 날이었다. 택배 상자를 열자마자 큰언니 얼굴이 붉으락푸르락 심상치 않았다. 그러다 옷을 하나씩 꼼꼼히 살펴보고는 콧김을 슝슝 뿜어대며 구시렁대기 시작했다.

"이건 도저히 그냥 넘길 수준이 아니야. 판매자에게 정당하게 항의하고 사과와 환불을 받아야겠어!"

내가 대충 보아도 보풀이 많은 옷과 빛바랜 옷들이 여럿 섞여 있긴 했다. 그리고 화면과 실물이 영 다르다면 정당하게 권리를 주장해야 한다는 것이 평소 내 믿음이다. 하지만 큰언니의 강한 어투와 지나친 논리력이 걱정스러웠던 나는 언니가 제발 싸우지 않길 바랐다.

"옷들이 좀 그렇긴 하네. 그렇다고 판매자한테 너무 심하게 말하면 안 돼! 알겠지?"

내가 달래듯이 말하는데도, 큰언니는 전화기 버튼을 누르느라 귀담아 듣지 않는 눈치였다.

"판매자님 되시죠? 방금 물건 받은 사람입니다! 이 옷들은 도저히 입힐 수 없는 옷들일 뿐만 아니라, 애당초 화면 속 사진과도 완전히 다릅니다!"

큰언니의 딱딱 꽂히는 말투가 초반부터 시작되었다. 나는 심장이 벌렁거려 연신 눈치를 주었다. 그 와중에 수화기에서는 판매자의 성난 목소리가 흘러나왔다. 순간 큰언니 눈이 커다래졌다. 나는 두 손을 들어 올려 X자를 그리며, 화내지 말고 적당한 선에서 마무리하라는 신호를 보냈다. 하지만 판매자의 태도에 더 화가 난 큰언니는 논쟁의 주도권을 잡고 신나게 달리고 있었다.

"뭐라고요? 이건 정말 객관적으로 용납할 수 없는 상황이에요. 제가 옷들을 받자마자 무슨 생각을 했는지 아세요? 이건 마치……."

큰언니가 적당한 단어를 고를 때마다 하는 버릇이 나올 참이었다. 눈을 희번덕대며 날카로운 단어들 사이에서 가장 임팩트 있는 단어를 찾아 헤매는 순간!

"마치 뭐요!"

만만치 않은 판매자가 빽 소리를 질렀다.

'제발! 제발! 거친 말은 이쯤에서 그만해! 상대방도 충분히 알아들었을 거야!'

나는 속으로 열심히 기도했다. 하지만 기도가 제 힘을 발휘하지 못하고 철퍼덕 넘어진 게 분명했다.

"이건 마치…… 쓰레기를 받은 것 같아요!"

'으악!!!! 쓰레기라니!'

큰언니는 얼굴색 하나 변하지 않은 채 씩씩거리고 있었고, 그 옆에서 나만 부끄러워 얼굴을 가려버렸다. 세상에 많고 많은 단어들 중에 하필이면 '쓰레기'라니!

"지금 뭐라고 하셨어요? 쓰레기라고요? 그럼 제가 쓰레기를 보냈다는 말씀이세요? 보자보자 하니까 진짜 너무 하시네요!"

판매자 언성이 얼마나 높아졌던지 마치 내 앞에서 고함치는 것만 같았다. 둘의 논쟁은 계속 이어졌고, 결국 판매자가 반품을 받고 환불해 주는 것으로 일단락되었다.

나는 가끔 이 '쓰레기' 사건을 떠올리며 다짐한다.

'나는 절대 그러지 말아야지!'

그런데 얼마 전 처음 참석한 독서모임에서 나는 큰언니와 별반 다르지 않은 논쟁을 하고 말았다. '예전에 비해 참 달라졌다'라는 말을 심심찮게 들어온 나로서는, 너무도 쉽게 예전으로 돌아가 버린 허무함에 속이 쓰렸다.

경청, 배려, 수용 등의 그럴듯한 단어들이 머릿속에만 머물지 않고 행동으로도 나올 거라 철석같이 믿었었는데, 그건 그냥 바람으로 끝나고 말았다. 그날 처음 만난 사람과 커피숍에서 격하게 논쟁을 하고 돌아서는 순간, 자괴감이 나를 통째로 삼켜버린 기분이 들었다.

'나는 여전히 고집스럽고, 어리석은 사람이구나. 고작 이 정도밖

에 안 되는 건가?'

한 사흘 슬럼프 아닌 슬럼프를 겪으며 내 행동을 찬찬히 곱씹어 봤다. 그러다 《말그릇》의 저자 조언에 따라 내 화법의 근원을 찾기 시작했다.

어릴 적 내가 기억하는 큰언니는 늘 책을 읽는 사람이었다. 만화책이든 소설책이든 닥치는 대로 읽었고, 그러다 보니 자연스럽게 어휘력이 풍부하고 논리적인 사람이 되었다. 문제는 부모님 없이 우리끼리 살기 시작하면서 큰언니의 '논리적이고, 빈틈없는 훈계'가 나에게 상당히 큰 스트레스가 되었다는 것이다. 큰언니의 말에 틀린 점은 없었다. 비논리적인 대목도 없었다. 그런데 그게 문제였다. 모두 맞는 말이어서 누가 들어도 명백히 내가 '나쁜 사람'인 것 같았다. 나는 큰언니의 그런 면이 너무 싫어서 매번 이를 갈았지만, 무의식적으로는 이런 생각을 했던 것 같다.

'그래! 내가 논리력을 키워서 큰언니 코를 납작하게 해주겠어. 다시는 저런 숨 막히는 훈계를 못하게 해줘야겠어!'

결국 나는 논리력을 키우는 데 성공했고, 성인이 된 이후에는 큰언니의 말에 따박따박 반박하는 얄미운 막내 동생이 되었다. 그런데 다른 사람들과의 언쟁이 있을 때에도 나는 큰언니에게 대항했던 방식을 그대로 유지했다. 논리적으로 상대가 틀렸음을 증명하는 일에 에너지를 쏟아 부어 기어코 내가 옳다는 것을 확인하는 식이었다. 생각해보면 나에게도 상대에게도 좋을 게 하나도 없는 어리석은 화법인데도 말이다.

큰언니와 나는 말그릇이 한없이 작은 데 반해, 작은언니 말그릇은 크고 깊다. 작은언니는 웬만해선 남과 싸우거나 언성을 높이지 않는다. 가게를 할 때 진상 고객들에게조차 화를 내지 않았고, 지금껏 나에게 상처 되는 말을 한 적도 없다. 게다가 가장 놀라운 점은 사이가 틀어진 지인을 욕하기보다 오히려 안쓰러워한다는 것이다.

어쩌면 그건 단순히 말그릇이 큰 게 아니라, '마음그릇'이 큰 게 아닐까? 어차피 마음이 말에 담겨 전달되는 것이니, 모든 원인은 마음에 있는지도 모른다. 그러니 마음그릇과 말그릇을 동시에 넓히는 노력이 필요하겠다. 물론 그러다 또 한 번씩 예전으로 돌아간 것 같은 자괴감에 우울하겠지만, 언젠가는 마음그릇 말그릇 모두 깊고 넓어지지 않을까?

2

당신 곁에

있을게요

넌 얼마나 슬펐을까

몇 년 전, 친한 지인과 오랜만에 만난 날이었다. 가벼운 마음으로 내가 커피숍에 들어선 순간, 슬픔을 가득 담은 지인의 얼굴이 보였다.

"언니 무슨 일 있어요?"

내가 다급하게 물었다.

"나 한동안 참 힘들었어……."

후, 하고 한숨을 내쉬던 그녀의 코끝이 빨갛게 달아올랐다.

"얼마 전에 한 캠프에 참가한다고 했었잖아. 처음엔 모든 게 재미있고, 좋았거든. 그런데 중간에 아이들만 산에 오르는 프로그램이 있다는 거야. 좀 걱정이 되긴 했지만, 아이가 따라 갈 수 있다고 하기에, 우리 부부는 다른 프로그램에 참가하기로 했지. 한 시간쯤 지나서 전화가 왔어. 아이들을 데리고 간 팀이 중간에 벌떼를 만났다고……."

그녀의 눈에 눈물이 그렁그렁 맺혔다.

"혹시 벌에 쏘이거나 뭐 그런 거예요?"

불길한 예감에 내가 물었다. 지인의 고개가 천천히 위아래로 움직였다.

"의무실에 갔더니 우리 아이가 이불을 뒤집어쓰고 덜덜 떨고 있는 거야. 너무 놀라서 이불을 들춰 보니까 벌에 얼마나 많이 쏘였던지 몸 여기저기에 상처가 말도 못하게 많더라고!"

파르르 떨리는 목소리로 말을 이어가는 지인을 보자 내 코끝도 후끈 달아올랐다.

"게다가 그 와중에 우리 애가 뭐라고 하는 줄 아니? '엄마, 저는 괜찮아요. 엄마가 같이 가지 않아서 참 다행인 것 같아요. 만약 같이 갔으면 엄마도 쏘였을 테니까요. 전 엄마가 쏘이지 않아서 좋아요.' 이러는 거야!"

순간 그녀의 눈에서 눈물이 왈칵 쏟아졌다. 가만히 듣고 있던 내 눈에서도 눈물이 후두두 떨어졌다.

"얼마나 가슴이 아프던지…… 처음부터 캠프에 가지 말았어야 했어. 그럼 그런 일도 없었을 거잖아."

"언니…… 어쩜 그런 일이…… 많이 힘들었겠어요."

울음 섞인 목소리로 내가 위로했다.

그때 고개를 끄덕이는 그녀를 배경으로 그 모든 이야기가 생생하게 재생되는 것 같았다. 벌떼의 공격, 아이의 어른스러운 말, 그녀의 오열까지……. 그리고 다음 순간 그녀가 느꼈을 고통과 슬픔이 내 가슴에도 스며들어왔다. 눈이 따끔거리다 가슴마저 따끔거렸고, 뱃속이 쿡쿡 쑤셔대는 아픔이 내 몸에 새겨지고 있었다.

그날 내 위로에는 허무하고, 공허한 말들이 하나도 섞이지 않았다. 단어 하나하나마다 내게 새겨진 아픔을 그대로 담아냈기 때문이다. 그녀의 슬픔이 내게로 왔고, 다시 그녀에게 위로가 되어 돌아가는 이미지가 내 머릿속에 선명하게 그려졌다.

사실 그날의 경험은 내게 참 생경한 것이었다. 이전에 나는 공감 능력이 부족한 탓에 누군가의 깊은 슬픔에 가닿지 못하는 편이었기 때문이다. 그런데 그 순간엔 공감을 뛰어넘어 마치 내가 슬픔을 경험한 듯 너무도 생생해서 한편으론 당혹스럽기까지 했었다.

그런가 하면 한번은 친구가 전화 말미에 이렇게 말했다.

"내가 참 무심했지?"

평소 전혀 무심한 친구가 아니기에 웬 뜬금없는 소리일까 싶었다.

"네가 왜 무심해?"

"너희 엄마 돌아가셨을 때 말이야. 나는 그저 슬프겠다 정도로만 생각했지 뭐니……. 근데 이번에 우리 아빠 장례 치르면서 네 생각이 나더라. '내가 이렇게 슬픈데, 넌 얼마나 슬펐을까?' 하고 말이야."

친구의 쓸쓸한 목소리에 진심이 묻어났다.

"응. 슬펐지. 그냥 슬프다는 말로는 부족할 만큼……."

나도 쓸쓸함을 가득 머금고 대답했다.

"내가 아빠를 잃어보니까 이제야 네 마음을 알 것 같아. 그땐 미처 그 마음을 헤아려주지 못해 미안해."

친구의 진심이 내 가슴에 정확하게 날아들었다.

"너도 힘들었지?"

내가 물었다.

"응……."

친구에게서 날아온 우리만의 '공감'이 다시 친구에게로 돌아가는 순간이었다.

"힘을 내자!"

그렇게 몇 마디 나누지 않았는데도 우린 이해할 수 있었다. 나도 슬프고, 너도 슬프다는 걸.

내 감정은 물론, 타인의 감정을 미처 헤아리지 못하던 시절에는 그저 형식적인 위로를 건네는 일들이 참 많았었다.

"무척 힘들겠군요……."

"나 같아도 아주 슬플 것 같아요……."

그 말 속에는 상대에 대한 안쓰러움만 있을 뿐, 내 마음 속 '공명'은 없었다.

그런데 지인과 커피숍에서 눈물을 떨궜던 순간과 친구의 전화를 받았던 순간에 나는 처음으로 '공감하기'를 배운 것 같았다. 마주 앉은 상대의 가슴이 쿡쿡 쑤시면, 내 가슴도 쑤시고, 상대의 말 속에서 진심을 발견하면 그것만으로도 가슴이 울렁이는 경험!

공감하기란 그렇게 마음과 마음이 '공명'하는 것이 아닐까? 그리고 이런 공감이야말로 상대가 전해준 감정에 온기를 담아 다시 건네주는 '선순환'이지 않을까? 앞으로 그 훈훈한 선순환에 나도 작은 점이 되어보려 노력해야겠다!

날아라!
연탄재 슈퍼맨

"엄마 이게 뭐야?"

아무렇게나 쌓인 연탄재를 보며 아이가 물었다.

"연탄재!"

"아하! 근데 이거 엄청 신기하게 생겼다."

아이는 발끝으로 연탄재를 툭툭 건드리기 시작했다. 발끝이 지나갈 때마다 테두리에서 가루가 날아올라 희뿌연 구름을 만들었다.

"이거 금방 부서지겠다. 힘이 하나도 없어 보여."

먼지구름 사이로 아이 눈웃음이 지나갔다.

"보기엔 가벼워 보이지? 엄마 어릴 때 그거 버리느라 얼마나 고생했는지 몰라."

내 말에 아이가 발끝을 끌어 모았다.

"이걸 직접 버렸어?"

'직접'이라는 말에 나도 모르게 '풋' 웃음이 터져 나왔다.

"그럼 당연하지! 대신 버려줄 사람이 어디 있겠어?"

나는 지금도 겨울이 젤 반갑지 않다. 첫눈의 낭만이나, 눈썰매의 즐거움 대신 그저 내게 '무거운 연탄재'만 떠올리게 해서다. 그 무거운 연탄재를, 어떻게 큰길까지 들고 갔는지, 지금도 생각하면 문득 아찔해진다.

우리 동네는 화요일, 목요일 새벽에 쓰레기차가 지나갔다. 커다란 음악소리가 큰길을 쾅쾅 울려대면 언니들이 다급하게 몸을 일으켰다. 얼마나 피곤한지, 몇 시간을 잤는지는 전혀 중요하지 않았다. 음악소리는 파블로프의 종소리였고, 우린 침을 흘리는 대신 비척대며 신발을 신을 뿐이었다. 물론 가끔씩 쓰레기차를 놓친 적도 있었다. 그런데 기회를 한번 놓친다는 말은 그저 다음 기회를 이용하면 된다는 식의 '가벼움'이 아니라, 다음번에 버려야 할 연탄재가 무시무시해진다는 뜻이었다. 그러니 우리는 주어진 기회를 놓치지 않기 위해 필사적으로 움직일 수밖에 없었다.

"빨리 가야 돼!"

큰언니가 방을 나서며 소리쳤다.

"너 얼른 일어나!"

작은언니가 몸을 웅크린 나를 발로 툭툭 차며 말했다. 그럴 때마다 나는 생각했다.

'연탄재 없는 세상에 살면 얼마나 행복할까?'

그날은 그야말로 연탄재 '산'이 우릴 기다리고 있었다. 화요일에 기회를 놓친 '벌'이었다. 수북이 쌓인 연탄재를 보자마자 셋이 일제히 한숨을 내쉬었다.

"쓰레기차 놓치겠다. 얼른 가자!"

큰언니가 고무 통에 손을 갖다 대며 말했다.

영차! 영차! 운동회라도 하는 양, 우리는 구호에 맞춰 재빨리 발을 옮겼다. 한참 만에 멀리 큰 길이 보였다. 길게 줄을 늘어선 사람들이 차례대로 쓰레기차 꼬리에 쓰레기통을 들어 올리고 있었다. 수거하는 아저씨들이 내용물을 붓고 빈 통을 돌려주는 손놀림도 분주했다. 얼핏 보아도 우리가 도착할 때까지 줄이 끊기진 않을 것 같았다.

툭! 그때 고무 통이 기우뚱하더니 연탄재가 내 발등으로 떨어졌다.

"아이참! 지금 떨어지면 어떡해!"

고무 통을 바닥에 내리고 떨어진 연탄재를 얼른 올렸다. 다시 줄을 살피니 어느새 꽤 짧아져 있었다. 순간 다급함에 아랫입술을 질끈 깨물었다.

"서둘러! 시간 없어!" 큰언니가 재촉했다.

"맞아! 지난번 기억나지?" 작은언니가 날 보며 말했다.

지난번이라면, '불운의 날'을 말하는 게 틀림없었다. 1~2분 늦었다고 쓰레기차가 우리만 남겨두고 홀연히 떠나버린 날! 그 무거운 연탄재를 들고 찬바람을 뚫고서 큰길까지 갔는데, 우리만 받아주지 않았던 기억이 선명하게 떠올랐다.

"그럼 안 되지!" 다급해진 내가 더 크게 '영차! 영차!' 소리를 냈다. 그러는 사이에 마지막 사람이 쓰레기통을 밀어 올리는 게 보였다.

"뛰어!" 우리는 사력을 다해 전속력으로 뛰어갔다. 그런데 자꾸만 손에서 힘이 빠져나갔다. 그때 우리 마음도 몰라주는 무심한 쓰레기차가 움직이기 시작했다. 불운의 날이 또 한 번 재현되려는 순간이었다.

"아저씨!"

"아저씨! 기다려요!"

"우리도 버릴 거예요!!!"

셋이서 있는 힘껏 소리를 질렀다. 하지만 어느새 울려 퍼진 음악 소리가 우리 목소리를 삼켜버렸다.

"오늘 꼭 버려야 해!"

우린 서서히 움직이는 쓰레기차를 따라 달렸다. 그런데도 쓰레기차는 멈추지 않고 미끄러져 나갔다. 셋 다 숨이 턱까지 차오르자 뚝 멈춰섰다.

"헉!헉! 어쩜 저렇게 매정할 수 있지? 사람이 쫓아오는 게 보이면 좀 세워줄 수도 있잖아!"

"아저씨! 나빠요!"

화가 난 나도 소리쳤다.

그 순간, 후다다닥! 누군가 달려왔다.

"이거 버릴 거지?"

그의 말은 질문이 아니라, 혼잣말에 가까웠다. 우리가 대답을 하기도 전에, 그가 우리 고무 통을 들고 뛰어갔다. '으차!' 소리와 함께 쓰레기차 꼬리에 고무 통을 힘겹게 밀어 올리는 그가 보였다. 기다란 다리로 달려가, 기다란 팔로 고무 통을 드는 모습이 얼마나 멋져 보이던지!

그 순간 번뜩 '저 아저씨…… 혹시 슈퍼맨인가?' 하는 생각이 들었다. TV에서는 망토를 걸치고 날아다니지만, 현실에서는 연탄재를 버리는 모습일지 누가 알겠는가?

움직이는 쓰레기차가 다시 고무 통을 뱉어낼 때까지 그렇게 보조를 맞춰 뛰던 아저씨! 다음 순간, 고무 통이 아저씨 손에 들려지자, 아저씨는 가볍게 몸을 돌려 우리 쪽으로 되돌아왔다.

"자, 여기!" 매서운 바람이 부는 까만 새벽, 그 아저씨는 개운하게 운동을 마친 사람처럼 기분 좋게 돌아섰다.

"고맙습니다!" 눈을 동그랗게 뜬 우리 셋은 슈퍼맨에게 꾸뻑 인사했다. 싱긋 웃고 지나간 슈퍼맨은 자기 고무 통을 들고 뚜벅뚜벅 걸어갔다.

그날 팔이 뻐근해지도록 힘차게 달렸던 것도, 우리를 남겨두고 떠나가던 쓰레기차를 바라보던 일도 모두 힘겨운 기억이 될 뻔했다. 그런데 '뜨거운 친절'을 베푼 '슈퍼맨' 아저씨 덕분에 그날 우리는 누구보다 큰 행운을 얻은 것 같았다. 손이 빨갛게 얼어붙었던 그 겨울, 그 새벽에 빈 고무 통을 들고 걸어오며 나는 생각했다.

'그래, 퍽퍽한 이 세상에 슈퍼맨이 많을지도 몰라. 만약 그렇지 않으면? 그냥 내가 슈퍼맨이 되지 뭐!'.

안 아픈 손가락,
참 아픈 마음

"난 아빠한테 참 섭섭해. 넌 어때?"

어느 날, 작은언니가 내게 물었다.

"섭섭한 거? 내 결혼식 때 그 마귀할멈 앉힌 거? 그거 빼곤 딱히 없는데? 언니는 뭐가 그렇게 섭섭해?"

작은언니가 볼을 불룩하게 만들더니 천천히 입을 열었다.

오래전, 한창 근무를 하던 언니가 전화를 받았다. 아빠가 폐에 이상이 생겨 병원에 입원했다는 연락이었다. 심장이 덜컥 내려앉은 언니는 어렵게 조퇴를 하고 거제도에 있는 병원에 도착했다. 마른 식물처럼 푸석한 얼굴을 한 아빠가 보이자 언니는 눈물을 참으려 입술을 질끈 깨물었다.

"아빠! 괜찮아요?"

금방이라도 울 것처럼 언니가 물었다.

"어. 왔냐?"

반색하는 얼굴도 아닌, 그저 무덤덤하게 아빠가 말했다.

"좀 괜찮으시냐고요."

"괜찮아. 근데 굳이 올 필요까진 없었는데. 왜 왔냐?"

순간 섭섭한 기운이 언니 마음에 훅 들어찼다.

"걱정이 돼서요……."

"회사는?"

"조퇴했어요."

"조퇴까지 하고 왜 왔냐?"

아빠의 퉁명스러움은 그렇게 언니 눈매를 아래로 끌어당겼다.

"아빠는 제가 온 게 반갑지 않으세요?"

섭섭함이 억울함으로 변해가고 있었다.

"그건 아니지만, 굳이 조퇴까지 하고 올 정도는 아니란 말이지."

뭐가 문제냐는 듯 아빠가 무심히 말했다.

잠시 후, 언니는 복도에서 이모를 만났다.

"아빠 걱정돼서 온 거야?"

"네…… 근데 아빠는 자식들이 반갑지도 않은가 봐요……."

서운함을 매달고 언니 고개가 아래로 툭 떨어졌다.

"무슨 말이야! 오전에 너희 오빠 왔을 때 어땠는 줄 알아? 글쎄, 너희 아빠가 오빠를 보자마자 눈물이 글썽글썽해서는 곧 울 것 같은 얼굴을 하더라. 나이 들고, 몸이 아프니까, 아들밖에 믿고 의지할 데가 없나 보지."

이모가 아빠 이야기를 하는 동안, 언니는 오빠를 보며 울컥하는 아빠를 상상했다.

"울긴 왜 울었대요?"

심술 난 아이처럼 언니가 물었다.

"너희 아빠가 오빠한테 유독 정이 많잖니."

"그렇죠……. 그건 저도 알아요. 하지만……."

눈물을 꾹 참고 돌아서며 언니는 생각했다.

'괜히 왔어. 반가워하지도 않는데, 바보처럼 여기까지 대체 왜 온 거야!'

"아빠! 저 이만 갈게요."

아빠와 눈도 맞추지 않고 언니가 말했다.

"그래. 조심해서 가."

그렇게 채 30분도 머물지 않고 언니는 부산으로 돌아갔다.

"아빠도 참…… 오빠만 자식이야? 해도 너무 하네. 언니가 한 마디 하지 그랬어!"

언니 말을 듣고선 내가 씩씩거리며 말했다.

"말해봤자 뭐가 달라지겠어? 어릴 때부터 쭉 그랬잖아."

한숨을 매단 언니 말이 왠지 좀 아프게 들렸다.

"그냥 언니가 이해해. 아빠가 어디 살갑게 말하는 거 본 적이나 있어?"

"그건 그런데…… 문득 그런 생각이 들더라고. 정말 '안 아픈 손가락이 있는 걸까' 하는 생각 말이야. 어릴 때부터 쭉 그랬잖아. 언니는 첫째라서, 오빠는 아들이라서, 넌 막내라서…… 다들 이름이 있는 손가락 같은데, 나만 아닌 것 같았어. 난 '그냥' 손가락 아니면, '안 아픈' 손가락 둘 중 하나인가 봐."

언니 얼굴이 텅 빈 듯 허전해졌다.

"그렇게 생각하지 마. 세상에 안 아픈 손가락이 어딨어. 안 그래?"

"나 아주 어릴 때, 아빠가 했던 그 한마디가 아직도 잊히질 않아."

언니가 창밖으로 시선을 던지며 말했다.

"무슨 말?"

하루는 아빠가 친척들과 몇 시간 동안 고스톱을 쳤다. 우리는 중간 중간 구경을 하다가 지루해져서 밖에 나가곤 했다. 한참 만에 고스톱을 다 친 아빠가 작은언니를 불렀다.

"이 담요 좀 개서 올려놔라."

고스톱에 쓰였던 군용 담요를 정리하라는 뜻이었다. 언니는 나름 반듯하게 개려고 낑낑거리기 시작했다. 이리저리 자리를 옮기며 담요와 씨름을 할 때, 거실에 있던 아빠가 불쑥 들어왔다.

"넌 이것도 제대로 못하냐!"

그 말과 함께 언니 손에서 담요를 휙 뺏어가 버렸다. 그리곤 대충 말아 어딘가에 푹 찔러 넣고 아무 말 없이 혼자 나가버렸다. 칭찬을 기대하며 애써 담요를 개던 언니는 멍하니 그 자리에 서 있었다. 그리고 아빠가 남긴 그 한마디를 곱씹고 또 곱씹었다. 그러는 동안 그말은 언니 마음에 선명하게 상처로 남아 버렸다.

'넌 이것도 제대로 못하냐!'

"정말? 아빠가 그렇게 말했어?" 내가 어이없다는 표정으로 물었다.

"응…….." 언니 고개가 위 아래로 움직였다.

"하여튼 아빠는 말을 왜 그렇게 한 대? 어휴! 그냥 흘려버려. 상처 준 사람은 기억도 못할 거야."

"그래…… 근데 그 말이 참 아프더라."

쓸쓸한 얼굴로 언니가 말했다.

"계속 마음에 남으면, 언제 한번 아빠한테 말해! 그때 참 서운했다고. 그렇게라도 표현하고, 털어버리면 좀 낫겠지."

"그게 무슨 소용 있겠어. 그냥 나 스스로 털어버리고 말아야지."

벌떡 일어나 주방으로 향하는 언니 뒷모습이 내 눈에 콕 박혔다. 그 옛날 담요를 반듯하게 개려다 아빠에게 아픈 말만 들은 아이도 저렇게 어깨가 가라앉았겠지. 언니 마음에 새겨진 말, '넌 이것도 제대로 못하냐!'라는 아픔이 지금이라도 먼지처럼 훌훌 날아가 버리면 참 좋겠다.

상상은
현실이 된다

영화 〈월터의 상상은 현실이 된다〉의 주인공 월터는 '프로 상상러'라고 불러도 될 정도로 상상을 즐긴다. 그의 상상 속에서 불가능한 건 없다. 현실과 달리 꽃미남이 되기도 하고, 폭발하는 빌딩에서 용감하게 강아지를 구해내기도 한다. 16년째 잡지사에서 일하는 월터는 그렇게 지루한 일상을 상상으로 이겨내고 있었다.

오래전 친구가 절망적인 표정으로 내게 말했다.
"나 어제 얼마나 우울했는지 몰라!"
"왜?"
"그때 말했던 '탱크' 오빠 있잖아. 직접 만났는데, 외모가 영 아니더라고."
'탱크' 오빠는 친구의 오랜 채팅 친구였다.

"어머, 정말? 그래서 엄청 실망한 거야?"

친구가 고개를 끄덕였다.

"그래서 내가 늘 상상하잖아. 채팅할 때 상대의 얼굴을 바로 확인할 수 있으면 얼마나 좋을까하고 말이야."

내 말에 친구 눈이 커다래졌다.

"그래 맞아! 그럼 나처럼 실망하는 사람도 없을 텐데……."

친구가 멋진 아이디어라는 듯 맞장구를 쳤다.

당시엔 오직 채팅 대화만으로 서로를 유추했기에 실제 만났을 때 실망하는 경우가 적지 않았다. 그리고 먼 지역에 사는 채팅 친구들끼리는 기껏해야 우편으로 서로의 사진을 보내는 것으로 만족해야 했다. 나는 그 점이 늘 답답해서 바로 상대를 확인하는 '즐거운 상상'을 수시로 하곤 했다.

월터는 잡지의 마지막 호에 실릴 중요한 표지 필름을 잃어버렸다. 당장 찾아오지 못하면 바로 해고되는 위협적인 상황에서 그에게 남겨진 선택은 하나뿐이었다. 아이슬란드에 있는 사진작가를 직접 만나러 가기! 상상 속에서만 살았던 월터가 드디어 아이슬란드행 비행기 표를 구입한 순간, 그의 상상은 비로소 현실이 되었다.

하루는 학교 전산실에서 친구와 각자 채팅을 하고 있었다. 그런데 북적이는 채팅방에서 유독 눈에 띄는 사람이 있었다. 익살스럽게 대화를 주도하는 그 사람 덕분에 나는 깔깔깔 웃느라 배를 부여잡았다. 그의 재치 있는 입담에 푹 빠진 순간, 그가 말했다.

〈저와 유머코드가 비슷하시군요? 아마 직접 보시면 더 호감을 느끼실 걸요? 제가 멋지다는 말을 자주 듣거든요.〉

능글맞은 그의 말은 농담인 듯 진담처럼 들렸다.

'역시 서로를 바로 확인할 수 없다는 채팅의 한계 때문에 저렇게 말하는 거겠지? 내 상상이 현실이 되면 얼마나 좋을까!'

〈아주 멋진 분이신가 보네요. 기대됩니다!〉

내가 심드렁하게 대꾸했다.

〈그런데 어느 학교 다녀요? 전 ○○대, ○○과 다녀요.〉

그의 소개를 보자마자 내가 움찔했다. 나와 같은 학교여서였다.

〈혹시…… 집에서 채팅하시는 거예요?〉

침을 꼴깍 삼키며 내가 물었다.

〈아뇨. 학교예요.〉

헉! 소리와 함께 내가 옆에 앉은 친구를 끌어당겼다.

"저 사람, 지금 학교래!"

"정말? 웬일이니! 전산실인지 물어봐! 얼른!"

친구가 눈을 반짝이며 재촉했다.

〈학교 어느 건물에 계신 거예요?〉

그가 잠시 뜸을 들였다. 친구와 나는 모니터를 뚫어져라 쳐다보며 기대감에 차올랐다.

〈전산실이요.〉

"으악!"

둘이서 소리를 지르고는 급히 입을 틀어막았다.

"혹시 이 방에 있는 거 아냐? 우리 들킨 건지도 몰라."

무슨 죄라도 지은 사람들처럼 우린 귓속말을 소곤대기 시작했다. 그때, 친구가 방을 휙 둘러보곤 속삭였다.

"다행히 이 방엔 없나 봐. 아! 좋은 생각이 났다! 넌 계속 아무렇지 않게 채팅하고 있어 봐. 내가 다른 방에 가서 찾아볼게."

친구가 웃겨 죽겠다는 듯 키득댔다.

"아 참! 그 사람 외모가 엄청 멋지대!"

순간 친구 얼굴에 화색이 돌았다. 문을 열고 다른 방으로 달려가는 친구를 확인하고, 나는 짐짓 아무렇지도 않은 듯 계속 대화를 이어갔다.

〈학교생활은 즐거우세요?〉

묘한 긴장감에 키보드를 누르는 손가락이 떨렸다.

〈네, 재미있어요. 다만, 출중한 외모 탓에 여자들이 가만두질 않네요. 하하하.〉

그는 이번에도 농담 같은 말을 툭 던졌다. 나는 연신 문을 쳐다보며 친구를 기다렸다. 잠시 후, 어이가 없다는 듯 눈을 희번덕대며 친구가 들어섰다.

"옆방에 있어?"

신경질적으로 친구가 고개를 끄덕였다.

"자! 이제 내가 채팅하고 있을 테니까 네가 갔다 와봐! 채팅창 보면 누군지 바로 알 수 있어. 까만색 옷 입고 구석에 앉아있는 사람!"

친구는 별다른 언급 없이 직접 가서 확인하라는 말만 반복했다. 모르긴 몰라도 호감형이라던 그의 말은 사실이 아닐 게 뻔했다. 굳이 확인하지 말까, 하는 생각이 잠시 스쳤다. 하지만 호기심이 이미 내 등을 세차게 밀어버린 후였다.

옆방 문을 열고 들어가니, 드문드문 앉은 사람들이 보였다. 그중 맨 뒤 구석에 어깨가 잔뜩 굽은 남자가 눈에 들어왔다. 까만 가죽 재킷을 입은 모습이 언뜻 아주 멋쟁이 같았다. 발을 옮길 때마다 심장 소리인지 관절 소리인지 알 수 없는 소리가 내 귓가에 맴돌았다. 나는 최대한 자연스럽게 빈자리를 찾는 시늉을 하며 그의 뒤로 다가갔다. 화면 채팅창을 보니 그가 틀림없었다. 다시 슬쩍 이동해 그의 얼굴을 자세히 살폈다.

"앗!"

나도 모르게 당혹스러운 탄성이 터져 나왔다.

한마디로 그는 '농담'을 잘하는 익살꾼이었다. 여자들이 못살게 구는 건, 아마 다른 이유가 있을 것 같았다. 서로 그를 차지하려는 게 아니라 '떠밀려는' 의도, 혹은 그가 빌린 돈을 갚지 않았다거나, 뭐 그런 이유가 있지 않았을까?

채팅에 푹 빠진 그는 어깨를 들썩이며 웃느라 정신이 없었다. 나는 입맛을 쩝, 다시고 돌아섰다.

"우리 그만 가자!"

다시 친구 곁으로 돌아온 내가 말했다.

"전혀 호감형이 아니지?"

친구가 코를 씰룩이며 물었다. 피식 웃으며 내가 고개를 끄덕였다.

"그래도 상상이 현실이 되긴 했잖아!"

"그게 무슨 말이야?"

"채팅하면서 상대를 바로 확인하는 상상! 그게 이뤄졌다고! 그걸로 만족해야지 뭐."

내 말에 친구가 크게 웃었다.

"그렇네. 진짜 상상이 현실이 되긴 했구나! 그래도 호감형이었으면 얼마나 좋았을까?"

아쉬움에 눈매를 늘린 친구가 터벅터벅 걸어갔다. 쫄레쫄레 뒤를 따라가며 나는 더 재미있는 상상을 하기 시작했다. 그 상상들도 언젠가 현실이 될 수 있을까?

네가 와서
다행이야!

오후 3시, 하교하는 아이들로 아파트 단지 안이 소란스러워졌다. 이제 우리 아이도 곧 올 참이었다. 나는 아이의 작은 노크 소리를 놓칠까 봐 청소도 미뤄둔 채, 책을 펼쳐 들었다.

3시 10분, 까르륵 아이들 웃음소리만 창문을 통해 들어올 뿐, 우리 아이는 아직 오지 않았다. 나는 창문 밖으로 목을 길게 빼고, 아이들 무리가 쏟아지는 큰길가를 내다보았다. 한참을 서성였는데도 아이의 경쾌한 말총머리는 눈에 띄지 않았다.

3시 20분, 혹시 도서관에 간 건가, 하는 생각이 스쳤다. 책을 읽다가 시간을 깜빡한 경우가 몇 번 있었던 것도 기억났다. 아이가 학교 도서관에서 책에 빠져 있는 모습을 상상하니 마음이 조금 편안해졌다.

읽던 책의 페이지를 넘기며 나는 마음을 차분히 가라앉혔다. 책에 록그룹 롤링 스톤스에 관한 내용이 나왔다. 리더인 믹 재거는 늘 관객들을 기다리게 하는 것으로 유명했다. 마치 희망 고문을 하듯 그는 예정 시간에 일부러 음식을 먹거나, 마리화나를 피웠다. 그러다 기다림에 지친 관객들의 스트레스가 극에 달하면, 그제야 영웅처럼 모습을 드러냈다. 숨이 꼴딱 넘어가기 바로 직전, 신을 영접하는 듯한 황홀경이 관객을 삼켜버리면, 공연은 그야말로 대성공인 듯 보였다.

아이를 기다리며 이 대목을 읽으니, 괜스레 마음이 뾰족해져 믹재거에게 따져 묻고 싶어졌다.

"왜 모든 사람들이 기다림을 즐길 거라 생각하죠? 공연 약속도 엄연히 약속인데, 좀 지키면 안 되나요? 당신은 기다리는 일이 마냥 행복한가요?"

목 빠지게 기다림을 지속하는 엄마의 푸념이 씩씩거리는 소리와 함께 쏟아졌다.

3시 40분, 문밖에 인기척이 났다.

"왜 이렇게 늦었어?" 나도 모르게 언성을 높이며 문을 열려던 참이었다.

툭! 앞집 문 앞에 택배 놓이는 소리가 무심히 울려 퍼졌다. 문을 열고 아이에게 주르륵 말을 쏟아내려던 나는 움찔 놀라 가만히 서 있었다. 그리곤 다시 시계를 흘끔거리며 걱정에 빠져들었다. 아이의 휴대폰은 꺼져 있고, 창 밖에 아이 모습은 보이지 않는 상황! 지금이라도 도서관에 가봐야 하나 고민이 되었다.

똑똑! 드디어 노크 소리가 들렸다. 휴! 안도의 한숨이 내 입에서 새어 나왔다. 문을 열자, 아이가 생긋 웃으며 서 있었다. 아까 쏟아 내리려던 날 선 말들이 아이 웃음 앞에서 보기 좋게 흩어져갔다.

그런데 그 순간, 아이 얼굴에 내 얼굴이 선명하게 겹쳐 보였다. 그리곤 이유 없이 마음 한 구석이 뜨끔, 아려왔다. 만약 아이가 그 옛날 나라면, 마주 선 사람은 우리 엄마일 것 같아서였다. 옛날 엄마의 시선으로 나를 보니 한없이 작고 어린 꼬맹이였다.

'지금 우리 아이보다 더 어린 나이였던 나를 떼어놓고, 우리 엄마는 어떤 마음이었을까? 문득 문득 생각나서 눈을 질끈 감았을까? 마음에서 새어 나오는 쨍그랑 소리를 외면하려 고개를 털었을까? 그것도 아니면, 밤마다 소리죽여 울었을까?'

그렇게 뜬금없이 엄마 마음이 궁금해졌다.

"엄마! 오늘 전교 임원회의가 있다는 걸 깜빡했지 뭐야? 많이 기다렸지?"

맑고 투명한 아이 목소리를 들으며, 나는 쓸쓸한 엄마 얼굴을 떠올렸다.

"네가 무사히 도착해서 다행이야."

그 순간, 내가 아이를 기다렸다는 사실은 까맣게 잊혔다. 그저 아이가 무사히 내게 왔다는 사실에 감사할 뿐이었다.

늘 그렇듯, 내가 수능을 치던 해에도 한파가 몰아쳤다. 하루 종일 잔뜩 긴장한 탓에 시험을 어떻게 봤는지도 잘 기억나지 않는다. 다만 시험이 종료되는 순간에 말로 표현하기 힘든 허무함이 밀려들어 누가 톡 건드리기만 해도 엉엉 울어버릴 것만 같았다. 터벅터벅 교문을 향해 내려오는 길에 짝꿍을 만났다. 세상 근심을 다 짊어진 얼굴로 두 눈이 마주치자 어딘가 모르게 위로가 되었다.

"너, 바로 집으로 갈 거야?"

"모르겠어. 어디 갈 데 있어?"

"뭐라도 좀 먹고 갈까?"

우린 우울한 기분을 떨쳐내러 파스타 집으로 들어갔다. 파스타가 나오기 전, 허무함에 관해 이야기하다가 누가 먼저랄 것도 없이 눈물이 터져버렸다. 서러운 이유도 딱히 알지 못한 채, 그저 인생에서 중요한 날을 애도하듯 울어버렸다. 그렇게 우리는 울다가 파스타를 우걱우걱 씹어 삼켰다. 고무줄처럼 질긴 면발이 하루 종일 긴장을 참아낸 위 속에 들어가서 불협화음을 냈지만, 그 소리는 귀에 담기지도 않았다.

수능이 끝난 지 거의 1시간 만에 나는 집 앞 정류소에 내렸다. 산동네 특유의 거친 바람 때문에 어깨가 절로 움츠러들었다. 두어 걸음 나아갔을까? 발을 동동 구르고 선 엄마가 보였다. 두꺼운 패딩 대신 얇은 잠바를 걸치고 그렇게 내내 나를 기다린 모양이었다. 칼바람을 맞으며 횡한 정류소를 지켰을 생각을 하니, 너무 미안해서 아무 말도 나오지 않았다. 나를 발견한 엄마 눈에 반가움이 차올랐다. 다음 순간, 엄마가 덥석 내 손을 잡았다. 버스에서 데워진 내 손에 얼음 덩어리가 와 닿는 것 같았다.

"엄마, 여태 나 기다린 거야? 친구랑 밥 먹고 온다고……."

내가 변명 같은 말을 뱉어내자, 엄마가 말했다.

"무사히 와서 다행이다! 집에 가자!"

날 기다려주는 사람이 있다는 건 행복한 일이다. 특히 그 사람이 내가 무사하다는 사실만으로도 기뻐한다면 그보다 멋진 '기다림'이 또 있을까?

우리 엄마가 정류소에서 나를 기다렸던 것과 내가 아이를 기다렸던 것 모두 상대를 위한 '기다림'이었다. 상대가 더 행복할 수 있도록 기다려주다 보면 그 속에서 나도 덩달아 행복해지지 않을까? 그리고 오랜 기다림 끝에 상대가 도착하면, 이렇게 말해주면 좋겠다.

"네가 무사히 와서 다행이야!"

그을린
오동나무 이야기

중학생 때, 하루는 국사선생님이 우리 교실 안을 흘끔거렸다. 평소 잘 웃지 않는 선생님이라 교실 안에 묘한 긴장감이 감돌았다. 마치 범인을 찾는 탐정처럼 선생님은 유리창 너머로 우리 반 아이들 한명 한명을 유심히 쳐다보고 있었다.

잠시 후, 선생님이 교실로 들어서는 친구 한 명을 불러 세웠다. 그 앞에서 고개를 두어 번 끄덕인 친구가 곧장 내게로 다가왔다.

"국사선생님이 너 나오래."

친구 말에 나는 등골이 서늘해져서 얼어붙었다.

"나? 왜? 나 잘못한 거 없는데……?"

억울한 범인의 심정으로 내가 얼른 말했다.

"잘못해서 부르는 거 아니래. 얼른 가봐!"

친구가 싱긋 웃었다. 그런데도 나는 범인 누명을 채 벗지 못한 얼굴로 실내화를 질질 끌며 느리게 복도로 나갔다.

"네가 그 아이니?"

국사선생님의 딱딱한 얼굴이 봄 햇살을 맞은 듯 부드러워졌다. 그런데 '그 아이'가 '나'인지 나도 몰랐기에 그냥 우두커니 서 있을 수밖에 없었다.

"죽은 시인의 사회, 글 말이야! 네가 쓴 거야?"

그제야 나는 얼마 전에 있었던 백일장 이야기인 걸 알아챘다.

"네……."

"네가 1등이야!"

선생님은 꼭 자기 일인 양 들뜬 목소리로 말했다.

"정…… 정말요?"

"응. 내가 읽어보고 크게 감동을 받았지 뭐니. 그래서 도대체 어떤 아이가 그런 글을 썼나 궁금해서 오라고 한 거야."

나는 꿈인지 생시인지 구분이 가지 않아 선생님 입가에 매달린 웃음만 쳐다보고 있었다.

"네 글이 교지에 실릴 거야. 시상식도 할 거고 말이야. 어때? 아주 근사한 소식이지?"

"아…… 네! 근데 정말 제가 1등 맞아요?"

못 믿겠다는 듯 내가 물었다.

"그럼! 틀림없어!"

선생님이 내 머리를 쓰다듬었다. 순간 나는 1등이라는 사실보다 선생님의 의외의 모습에 놀라고 말았다. 수업시간은 물론, 복도에서 꾸뻑 인사를 해도 웃음기 없던 선생님이었는데, 고작 글 하나에 이렇게 봄바람처럼 따뜻해지다니.

"너, 계속 글을 써 봐."

호기심 어린 눈으로 선생님이 툭 말했다.

"네? 그건 그냥 운이 좋았을 뿐인데요……."

내가 기어들어 가는 목소리로 대꾸했다.

"언젠가 더 잘 쓰게 되면 운도 뛰어넘을 수 있을 거야."

선뜻 이해할 수 없는 말이었다. 하지만 나는 왠지 그 말이 좋았다. 운동신경이 없어도 너무 없는 나로서는 그 흔한 뜀틀도 제대로 넘어본 적이 없었기 때문이다. 그런데 뭔가를 뛰어넘을 수 있다니, 그게 뭐든 간에 멋진 일일 것만 같았다.

"네, 감사합니다."

'뛰어넘을 수 있다'는 말이 고마워 꾸뻑 인사하고 돌아섰다. 다음 순간, 자초지종을 전해들은 친구들이 부럽다며 난리가 났다. 어안이 벙벙한 와중에 나는 내 어깨를 가만히 쓰다듬었다. 선생님께 들은 말이 귓가를 맴돌수록 내 작은 어깨가 쫙 펴지고 있었다.

그런가 하면 대학 때, 한 선배가 군대에서 내게 편지를 보내왔다. 당시 군대 간다는 말도 하지 않고 가버린 탓에 나 혼자 적잖이 섭섭하던 차였다. 그러니 보나 마나 편지에 구구절절한 변명을 썼을 거라 예상하며 심드렁하게 봉투를 열었다. 그런데 본인 사연이나 변명은 일절 들어있지 않았다. 대신 본인 할머니의 생애에 관해 자서전처럼 세세하게 서술하고 있었다.

"내가 선배 할머니 이야기를 왜 알아야 하죠? 이런 편지를 왜 쓴 건데요?"

뾰족한 혼잣말들이 터져 나왔다.

시대적 상황 때문에 모진 시련을 겪을 수밖에 없었던 할머니 사연은 후반부로 갈수록 좀 짠하긴 했다. 뿐만 아니라 강한 의지로 가난을 극복하고 자녀들을 반듯하게 길러내신 점도 존경스러웠다. 하지만 아무리 그렇다고 해도 할머니 삶이 내게 무슨 의미가 있을까? 편지의 말미에 이렇게 적혀 있었다.

"널 보면 우리 할머니가 떠오른다. 불굴의 의지로 뭐든지 할 수 있을 것 같은 강한 생명력 말이다. 나는 네가 글을 썼으면 좋겠다. 내가 지켜본 너는 멋진 글을 쓸 수 있는 사람이다. 우리 할머니가 그러셨던 것처럼, 너도 모든 걸 극복할 거다. 널 굳게 믿어라!"

선배가 할머니 사연을 길게 썼던 건, 내게 할머니처럼 우뚝 서라는 말을 하고 싶어서였다.

그런데 문득 궁금해졌다.

'내가 글을 쓰고 싶다고 했었나? 나는 글을 쓰고 싶은 생각이 없는데?'

어쩌면 지나가는 말로 내가 선배에게 말했는지도 몰랐다. 하여튼 그날 그가 건네준 격려 덕분에 나는 주책맞게 눈물을 찍어내고 말았다.

정여울 작가의 《그때, 나에게 미처 하지 못한 말》에 '거문고가 된 오동나무' 이야기가 나온다.

어느 날, 오동나무가 아궁이에서 불에 타고 있었다. 채옹이라는 선비가 그 소리를 듣고 바로 알아챘다.
"저 오동나무는 그냥 오동나무가 아니야. 좋은 재목이 틀림없어!"
채옹은 확신에 차서 아궁이로 달려갔다. 그리곤 불을 때던 사람에게 돈을 건네고 오동나무를 샀다. 그의 예상대로 그 오동나무는 탁월한 재목이었기에 멋진 거문고로 거듭났다. 결국 채옹 덕분에 심금을 울리는 거문고 선율이 세상에 울려퍼질 수 있게 되었다.

그 거문고를 '초미금'이라고 부르는데, 꼬리가 그을린 거문고란 뜻이다. 그렇다면 땔감이 될 뻔한 그을림을 문신처럼 가지고, 저만의 탁월성을 발휘하는 존재도 '초미금'이라 부를 수 있지 않을까? 우리가 오동나무이고, 채옹이라는 귀인이 나타나 우리를 구원해준다면 더없이 좋을 테다. 하지만 현실에서 그런 일은 거의 일어나지 않는다. 우리 속의 재능과 열정을 발견할 사람도 우리이고, 꼬리에 불이 붙은 채 아궁이에서 활활 타들어 가는 순간에 탈출할 사람도 오동나무인 우리 자신이다.

물론 우리 삶에 채옹 같은 존재들이 있다는 것도 잊지 말아야겠다. 국사선생님과 선배가 내게 건넸던 격려의 말들이 이제는 돌고 돌아 '채옹'이 되었다. 그리고 내 꼬리에도 그을림 자국이 선명하게 새겨져 있다. 나는 그 자국을 지우지도, 가리지도 않고 기꺼이 쓰다듬으며 살아간다. 아무 사연 없이 거문고가 되었다면 거문고 소리도 밋밋할 거라 능청을 떨면서 말이다.

그러니 당신도 잊지 않았으면 좋겠다. 당신이 얼마나 특별한 오동나무인지를. 설사 땔감으로 던져져 꼬리에 불이 붙었다고 해도, 채옹이 곁에 없다고 해도, 우리는 과감하게 아궁이를 벗어날 수 있는 오동나무들이다. 우리 속의 재능과 열정을 포기하지만 않는다면, 결국 우리 모두 '초미금'이 될 것임을 의심하지 말았으면 좋겠다.

당신과 나의
타이밍

"엄마! 나 귀 뚫으면 안 될까?"

학교에서 돌아온 아이가 간절한 눈빛으로 물었다.

"다음에 더 커서 뚫어!"

퉁명스런 말이 아이에게 날아갔다.

"우리 반에 3명이나 뚫었어. 처음에만 아프고, 그 다음부턴 하나도 안 아프대."

아이는 작은 귀를 만지작거리며 주섬주섬 말을 이어갔다.

"엄마도 대학생 때 뚫어봐서 알아! 보기엔 간단해 보이지? 소독을 제대로 했는데도 곪아서 얼마나 고생했는지 몰라."

내 말에 아이 눈매가 털썩 내려앉았다.

"그럼 팔찌 하나만 사주면 안 돼?"

이번에도 아이는 한껏 불쌍한 표정을 지었다.

"집 주변에는 파는 데가 없잖아. 혹시 다음에 가게가 보이면 사줄게."

"목걸이는 안 되겠지?"

슬쩍 내 눈치를 보며 아이가 덧붙이기에 내가 어림없다는 눈빛을 보냈다. 요즘 들어 멋 부리는 데 재미를 붙인 아이는 쉴 새 없이 요구 사항을 늘어놓곤 한다. 그럴 때마다 나는 습관처럼 '다음에'라는 말로 응수했다.

지난 주, 아이와 함께 강남에 갔다. 지하상가를 지나가는데, 쏟아지는 사람들과 상점들 때문에 머리가 어지러울 지경이었다. 그 와중에 아이는 무언가를 찾는 듯 자꾸만 두리번거렸다.

"앗! 엄마 저기!"

정신없이 음악이 흘러나오는 액세서리 가게를 발견한 아이가 내 팔을 세게 잡아당겼다.

"다음에 사면 안 돼?"

습관처럼 내가 말했다.

"가게 발견하면 사준다고 약속했잖아."

아이가 그럴 줄 알았다는 듯 고개를 치켜들며 말했다. 딱히 반박할 말을 찾지 못한 나는 혼자 입을 삐죽이다 마지못해 고개를 끄덕였다.

"그래, 골라 봐!"

내 말이 끝나기도 전에 아이는 액세서리 가게로 뛰어 들어갔다. 그리곤 뜨거운 조명 아래 은빛을 뽐내는 목걸이들 사이에서 흥분을 감추지 못했다.

　얼마 전에 이어령 선생에 관한 이야기를 읽지 않았다면, 어쩌면 나는 끝까지 '다음에 사!'라는 말로 아이 손을 잡아당겼을지도 모른다. 선생은 젊은 시절에 왕성한 활동을 하느라 워커홀릭으로 살았다. 딸이 잠들기 전에 아빠의 굿나잇 키스를 기대하며 서재 문 앞에서 그를 기다리곤 했지만, 그는 일에 몰입하느라 딸에게 관심을 두지 않았다. 그렇게 일에게 아빠를 빼앗긴 딸은 늘 아빠를 그리워할 수밖에 없었다. 시간이 흘러, 딸이 그 시절을 회상하며 이렇게 말했다.

　"아버지가 집에 들어오시면 팔에 매달려 사랑받고 싶었는데, 피곤한 아버지는 '밥 좀 먹자' 하며 밀쳐내셨다."

　성인이 된 딸은 검사와 변호사, 목회자가 되어 아빠의 자랑거리가 되었다. 그런 딸이 한 인터뷰에서 말했다.

　"어린 시절, 아빠의 사랑이 그리웠어요."

　그 딸이 53세에 암으로 세상을 떠나고 말았다. 사랑하는 딸을 잃은 이어령 선생이 《딸에게 보내는 굿나잇 키스》를 쓰며 뒤늦은 후회를 털어놓았다.

　"아무리 바빠도 30초면 족하다. 사형수에게도 마지막으로 하늘을 보고 땅을 볼 시간은 주어지는 법이다. 어떤 상황에서라도 사랑을 표현하는 데 눈 한 번 깜빡이는 순간이면 된다. 그런데 그 30초의 순간이 너에게는 30년, 아니 어쩌면 일생의 모든 날이었을 수도 있겠구나."

'조금만 기다려!' '다음번에!'

우리는 참 쉽게 지금 당장의 행복을 미루며 산다. '다음번'이 당연히 주어질 거라 믿기 때문이다. 하지만 돌아보면 우리 삶에도 타이밍을 놓쳐버린 순간들이 무수히 많지 않은가. 사랑하는 사람에게 고백해야 할 순간, 진실을 말해야 할 순간, 그도 아니면 그저 사랑하는 사람과 눈을 맞출 순간들조차도 다 놓쳐버린 건 아닐까? 이어령 선생의 말씀처럼 조금만 더 빨랐거나 조금만 더 늦었어도 그토록 행복하지 못했을 순간이 있는데도 말이다.

아이가 목걸이를 고르는 동안, 나는 '타이밍'에 관해 생각했다. 그래! '다음번'이 아니라 '이번'이어서 참 좋구나!

볼이 빨갛게 익어가는 아이 얼굴을 들여다보며 나는 '이번' 기회를 잡아서 다행이다 싶었다. 오랜 고민 끝에 아이가 목걸이 하나를 들어 올렸다. 단돈 3천 원짜리 목걸이를 고르면서 수없이 들었다 놨다를 반복하는 모습을 보니, 괜스레 미안한 마음이 들었다.

"특별히 2개 사줄게."

내가 선심 쓰듯 말하자, 아이 눈이 커다래졌다.

"정말? 엄마 웬일이야?"

발을 동동 구르며 하나 더 고른 아이가 날 덥석 끌어안았다. 목걸이의 행운을 얻은 건, 순전히 내가 이어령 선생 이야기를 읽은 '타이밍'과 절묘하게 맞아 떨어져서란 걸 아이는 알 리 없었다. 지하철을 기다리는 동안에도 아이는 목걸이가 든 비닐을 만지작거리며 히죽거렸다.

"목에 걸어 볼래?"

내 말이 사랑 고백이라도 되는 양, 아이 볼이 더 빨갛게 물들었다. 내가 체인을 걸어주자, 가느다란 아이 목에 달과 별이 달랑달랑 매달렸다.

"우와! 잘 어울리네!"

나도 모르게 탄성이 터져 나왔다.

"정말? 어디 봐봐!"

손거울을 꺼내 비춰본 아이 얼굴에 미소가 가득 들어찼다.

"엄마 따라 강남 오길 참 잘한 것 같아. 정말 행복해!"

아이가 방방 뛰어올랐다. 그래! 오늘 딱 목걸이를 살 타이밍이었던 거지. '이어령 선생', '강남', '지하상가' 이 멋진 조합은 절대 '다음 번'을 허락하지 않아!

우리의 웃음소리가 희미해질 때쯤, 완벽한 타이밍에 지하철이 들어섰다. 만원 지하철에서도 아이는 환하게 웃으며 목걸이를 만지작거렸고, 나는 아이 얼굴에서 터지는 웃음을 구경하며 연신 흐뭇한 미소를 흘렸다. 이 모두가 타이밍을 놓치지 않은 덕분이겠지?

햇살이
눈부신 날

창문을 열자 가을 햇살이 눈부시게 쏟아졌다. 광합성을 하듯 나는 가만히 서서 햇살 샤워를 즐겼다. 몸 구석구석으로 햇살 줄기들이 신나게 뻗어 나갔다. 하지만 이상하게 햇살이 닿지 않는 곳이 있었다. 뱅글뱅글 춤을 추듯 몸을 돌려보아도 그곳의 서늘한 온도는 그대로였다.

나는 주섬주섬 책을 챙겨 집을 나섰다. 도서관으로 향하는 길, 햇볕이 머리 위를 쪼아댔다. 춥지도 덥지도 않은 적당함이 가만히 속삭였다. 아, 가을이다! 살짝 더워졌나 싶으면 어느새 바람이 휙 불어와 열기를 싣고 지나갔다. 나무들은 원래 저리 푸르렀나 싶게 싱싱해 보였고, 사람들의 얼굴에는 여유가 넘쳤다.

그때, 햇볕에 몸을 내맡겼는데도 여전히 서늘한 '그곳'이 떠올랐다. 창문을 열어둔 듯 착잡한 기운이 자꾸만 들어찼다. 이렇게 눈부신 날, 왜 마음에는 햇살 한 줄기 닿지 못하는 걸까? 어쩌면 햇살이 지나치게 눈부신 게 문제인지도 몰랐다. 한쪽이 너무 밝아서 다른 쪽의 어둠이 도드라진 것은 아닐까?

그때 문득 김난도 교수의 에피소드가 떠올랐다. 그가 대학 동창 모임에 갔던 날, 그 옛날 함께했던 '그녀'를 만났다. 서로 호감을 가지고 만났던 탓에 묘한 기분이 그를 들뜨게 했다. 모임의 말미에 서로 대화할 기회가 생겼고, 선을 넘지 않는 깔끔한 대화가 이어졌다. 그러다 그녀가 물었다.

"행복하세요?"

그 물음은 순간 그의 목구멍을 갑갑하게 만들었다. 집으로 돌아오며 그는 그녀의 말을 되뇌었다.

"나는 행복한가?"

주변을 둘러보면 나 빼고 다 행복해 보인다. 특히 SNS 세상에서는 더욱 그렇다. 환한 웃음과 멋진 배경들, 먹음직스러운 음식들이 너도 나도 소리친다.

"이런데도 내가 행복해 보이지 않아?"

그들의 행복이 너무 눈부셔서, 나의 어둠이 도드라지는 순간에 내게도 질문이 날아든다.

"행복하세요?"

그럼 내 대답은 애매해지고 만다.

"글쎄요. 딱히 행복하진 않아요."

다음 질문은 아마 이렇겠지?

"그럼 불행하세요?"

이번에도 나는 입매를 움찔하며 애매한 표정을 지을 테다.

"글쎄요. 딱히 불행하지도 않아요."

행복, 즉 Happiness는 고대 스칸디나비아어 'hap'에서 유래했단다. 그리고 그 뜻은 '운이나 기회처럼 아주 드문 일'이라고 한다. 그러니까 속성상 행복이란 아주 드문 것이란 의미다. 그런데도 나는내 마음에서 부단히 행복을 찾아 헤맸고, 아무리 찾아도 보이지 않자 혼자 우울한 기분에 사로잡힌 적이 많았다.

그날, 나는 햇볕 아래 나를 밀어 넣었다. 행여나 햇살이 마음의온도를 높여줄까 봐. 도서관에 도착하기까지 나는 그렇게 '행복'에관해 집요하게 생각했다. 그림책을 쌓아두고 도서관 한쪽 구석에자리를 잡았다. 고요한 공간에 내 자리가 마련되자 마음이 들뜨기시작했다.

그리고 한 권 한 권 읽을 때마다 감정이 수시로 변해갔다. 그러다한 꼬마가 주인공인 동화책이 내 시선을 오래 묶어두었다. 꼬마는경쟁이나 시합을 싫어했다. 친구들과의 놀이에서도 순위가 매겨질라치면 얼른 도망가 버렸다. 꼬마의 뒤를 좇으며 나는 이렇게 말해주고 싶었다.

"꼬마야! 살아가면서 경쟁은 필수적인 거야. 네가 아무리 도망쳐도 어쩔 수 없는 거라고. 그러니까 도망치지만 말고, 당당하게 싸워서 이겨!"

마치 꼬마의 소심함을 고쳐줄 의무라도 있다는 듯, 나는 꼬마의 등에 대고 계속 속삭였다. 그런데 마지막에 꼬마가 말했다.

"내가 이기면…… 누군가는 져야 하잖아요."

순간, 내 심장이 덜컥 내려앉았다.

'아! 그게 꼬마만의 행복법이구나.'

잠시 후, 초등 1~2학년쯤으로 보이는 꼬마들이 엄마들 손을 잡고 도서관에 들어섰다. 책을 읽어야 한다며 손을 잡아끄는 엄마들에 맞서 아이들이 병아리 같은 소리를 내기 시작했다.

"우린 밖에서 놀고 싶어요." 핑크색 핀으로 잔머리를 누른 병아리가 소리쳤다.

"맞아요. 날씨도 정말 좋잖아요." 슬쩍슬쩍 코를 파던 병아리도 목청을 높였다.

"일단 책을 읽고 나서 놀아야지." "그래, 조금 있다가 놀자." 부드러운 목소리로 엄마들이 말했다.

순간, 병아리들 눈썹에 힘이 들어갔다. "책은 나중에 읽으면 되잖아요." "조금만 놀게요." "우리 술래잡기하기로 했어요."

병아리들의 반격이 심상치 않자, 엄마들은 할 수 없이 병아리들 꽁무니를 쫓았다. 까르르 터져 나오는 병아리 웃음소리가 내 마음에 밀려들어왔다. 그리고 나는 슬쩍 행복해졌다.

도서관을 나서는 길, 서늘했던 내 마음은 도서관 귀퉁이에 툭 던져두었다. 여전히 햇살은 눈부시게 쏟아졌고, 한껏 데워진 내 마음도 햇살만큼이나 따뜻해졌다.

"행복하세요?"

또 다시 날아든 질문에 나는 애매한 표정을 거두고 분명하게 대답했다.

"드물게 찾아오는 행복이니, 발견할 때마다 온전히 누려볼 생각이에요. 지금 행복하냐구요? 햇살이 이렇게 눈부신데 행복하지 않을 이유가 뭐겠어요? 그러니 오늘은 그냥 행복한 걸로 할래요."

며느리는
며느리다!

"우리 시어머니는 얼마나 까다로우신지 몰라! 내가 설거지를 하고 수세미를 원래 있던 곳 옆에 두면 쏜살같이 달려와서 제자리에 두는 분이야. 어디 그 뿐이야? 설거지물이 튈까 봐 옆에 있는 음식을 치워두잖아, 그럼 나 보란 듯이 제자리로 척 옮겨버리셔. 본인 규칙을 내가 바꾸는 게 싫으신 거겠지…… 그나저나 친절하게 말해주면 좀 좋아? 어휴, 도저히 이해가 안 가!"

지인이 시댁이 싫은 이유를 주섬주섬 꺼냈다.

"그래도 망언을 쏟아내진 않죠? 우리 시댁은 말로 얼마나 상처를 주는지 몰라요. 전 나중에 몸에서 사리가 왕창 나올 거예요. 대꾸도 못하고 꾹꾹 눌러 참아서 속병이 생길 정도거든요."

옆에 있던 다른 지인이 눈매를 늘리며 말했다.

"난 진짜 시금치도 안 먹어. 시월드 싫어서!"

또 다른 지인의 말에 우린 일제히 고개를 끄덕였다.

그러고 보니 우리 시댁도 '망언 배틀'에서 가볍게 상위권에 들 만한 저력이 있다.

"너는 대학 나와서 집에서 왜 노냐?"

"넌 이런 것도 제대로 못하냐?"

결혼 후 처음 몇 년간은 시댁의 망언 때문에 남편과 계속 싸웠다. 남편은 시부모님의 '본심'은 그런 것이 아니라고 항변했다. 하지만 그 '본심'은 오랫동안 함께 살아온 아들 눈에만 보이는 것이었다. 나는 본심보다 중요한 건 말의 형식과 내용이라며 울분을 터트렸다. 그렇게 오랫동안 내 마음에 상처들이 선명하게 그려졌다.

그리고 마침내 깨달았다. 시댁은 절대 변하지 않는다는 사실을! 변할 수 있는 사람은, 그리고 내 상처를 뚫어져라 쳐다보는 사람은 오직 나뿐이었다.

어느 날, 시어머니가 내게 말씀하셨다.

"나는 딸 있는 사람들이 참 부럽더라. 그래서 널 내 딸이라고 생각한다."

순간 고름이 터진 상처들이 따끔따끔 신호를 보내왔다.

"어머니! 며느리는 절대 딸이 될 수 없어요. 전 어머니를 시어머니로 생각해요."

내가 또박또박 말했다. 그러자 시어머니가 아쉽다는 표정을 지었다.

"그래도 친정엄마랑 딸처럼 편하게 지내면 좋은 거 아니냐?"

"그럼 좋죠. 하지만 절대 그런 사이는 될 수 없어요."

언젠가 읽었던 책의 글귀가 떠올랐다.

'관계의 한계가 분명할수록 그 관계는 건강하다.'

시어머니가 나를 딸처럼 생각한다면 딸에 대한 기대감을 가질 것이다. 그럼 나 또한 시어머니에게 친정엄마에 대한 기대감을 가질 테다. 하지만 우리는 딸도 친정엄마도 아니다.

그저 며느리와 시어머니일 뿐이다. 우리의 관계는 이처럼 명확하고 선명하다. 일단 이렇게 생각하자 내 마음에 처음으로 평화가 찾아왔다. 그래서 나는 며느리로서의 역할을 다하면서 동시에 내가 느끼는 불편을 적극 표현하기로 마음먹었다.

"어머니, 저는 설거지할 때 꼭 고무장갑을 껴요."

몇 번이나 맨손 설거지의 불쾌감을 눌러 참던 내가 말했다.

"그냥 맨손으로 하면 되는 걸, 뭘 굳이 고무장갑이 필요하다는 거냐? 나는 일평생 고무장갑을 쓰지도 않았어. 그래도 손이 거칠어지지도 않았잖니. 자 보라고!"

두 손을 내민 시어머니를 보며 나는 '표현', '쟁취' 등의 단어들을 떠올렸다.

"어머니! 저는 습관이 되어서 고무장갑을 꼭 껴요."

시어머니는 여전히 이해할 수 없다는 표정이었다.

"어머니! 저 고무장갑을 끼고 설거지하면 훨씬 더 잘할 수 있을 것 같아요."

내 말에 드디어 시어머니가 움찔했다. 그깟 고무장갑만 있으면 설거지를 더 잘할 수 있다는 며느리에게 백기를 든 게 틀림없었다.

"그래? 그럼 내가 슈퍼 가는 김에 사 오마."

그렇게 해서 나는 고무장갑을 쟁취했다.

이제 명절을 앞두고 전화통화를 할 때면 꼭꼭 묻는다.

"어머니! 고무장갑 있죠?"

"아! 지난번에 쓰던 거 버렸는데……. 그럼 내가 또 사다 놓을게."

"네! 고맙습니다. 어머니!"

이번 추석에 시어머니가 날 보자마자 찬장을 열며 말씀하셨다.

"내가 널 위해 고무장갑 여러 개 사놨어. 잘했지?"

"네! 역시 우리 어머니뿐이네요."

칭찬에 목마른 시어머니와 며느리가 동시에 웃었다.

"너도 커피 타 줄까?"

본인 커피를 타시며 내게 물었다.

"아뇨! 어머니는 너무 연하게 드셔서 제 입맛에 안 맞아요. 전 제가 타 먹을게요."

그러자 시어머니가 이번에도 찬장을 여셨다.

"너는 노란 커피 말고 이거 좋아한댔지? 그래서 내가 너 줄려고 사뒀어. 잘했지?"

내가 좋아한다고 했던 말을 기억하시고는 날 위해 마련해 둔 것이었다.

"우와! 역시 어머니 센스쟁이!"

내 입맛에 맞는 커피를 한 잔 타서 마시니 그야말로 꿀맛이 따로 없었다.

"명절마다 우리 어머니가 젤 고생이네요."

명절 준비를 하다가 중간 중간 내가 말했다. 그럴 때마다 시어머니는 작게 웃으셨다. 시아버지는 물론 자식들 누구도 어머니의 노고를 칭찬하지 않았다.

쉴 새 없이 몸을 움직이는데도 칭찬이 돌아오지 않자, 시어머니 뒷모습에 서글픔이 들어찼다. 그때마다 나는 서글픔을 털어줄 요량으로 말했다.

"우리 어머니 없었음 어쩔 뻔했어요."

싱긋 웃으며 돌아서는 뒷모습에서 서글픔이 훌훌 날아갔다.

명절 아침, 내가 일곱 시에 일어나 주방에 갔더니, 시어머니가 음식 준비를 혼자 끝내놓으신 상태였다.

"이제 일어났어? 큰집 며느리들은 엄청 일찍 일어나서 부지런하게 음식 준비를 다 한다는데, 우리 며느리는 왜 이렇게 늦게 일어난 거야!"

익숙한 타박이 날아들었다.

"어머니! 그 집은 식구가 많은데, 우린 적잖아요. 그리고 무엇보다 그 집 시어머니에 비해 우리 시어머니는 마음이 한없이 넓으셔서 며느리가 좀 더 잔다고 구박하지 않을 거예요. 그래서 며느리도 마음 놓고 잘 수 있는 거죠. 어머니도 그렇게 생각하시죠?"

능청스럽게 내가 말하자 시어머니가 크게 웃음을 터트렸다.

"네가 필요한 거 있으면 다 챙겨가!"

고춧가루와 매실, 통깨를 챙겨주시며 말씀하셨다.

"어머니, 참기름은 없어요? 그리고 과일도 다 꺼내 가면 되는 거죠?"

내가 냉장고에서 척척 꺼내자, 시어머니가 심드렁하게 한 마디 하셨다.

"너 우리 살림 다 털어갈 생각이야?"

"어머니! 좀 전에는 다 챙겨가라고 하시고, 이번엔 다 털어갈 거냐고 하시는 거예요? 이랬다 저랬다, 저는 어느 장단에 맞춰 춤을 춰야 하나요? 깔끔하게 하나만 해주세요."

이번에도 우린 함께 키득키득 웃었다.

이번 명절 내내 나는 한 번도 상처를 받지 않았다. 날 위해 준비된 고무장갑과 나만의 커피믹스가 있었고, 망언을 거뜬히 막아낼 나만의 능청스러움도 있었기 때문이다.

우리는 여전히 시어머니와 며느리다. 영원히 친정엄마와 딸이 될 수 없는 분명한 한계 덕분에 더 편안한 사이가 되었다. 그리고 나는 앞으로 더 열심히 시어머니를 칭찬해드릴 생각이다. 우리 시어머니 뒷모습에 차오르는 서글픔을 훌훌 털어드리기 위해서!

그녀의
국경

《여행할 권리》에서 김연수 작가가 말했다. 서태지가 20대에 은퇴한 것은 우리나라의 지리적 특수성 때문이라고. 고작 한 면만 국경을 접한 채, 삼면이 바다로 둘러싸인 나라, 하지만 그 유일한 국경마저도 넘어갔다간 '월북'이라는 불명예를 안아야 하는 나라! 이 나라에서 모든 것에 지쳐버린 20대 아티스트가 할 수 있는 선택이라고 해봤자, 은퇴 외에 달리 뭐가 있겠냐는 것이다. 마찬가지 이유로 김연수 작가 본인에게도 국경이 필요했다. 국경을 통과하면 비로소 자기가 누구인지 선명해진다. 그리고 사상의 전환이나 권리의 포기 하나 없이 국경을 자유자재로 오가며, 온전하게 '내'가 '나'로 돌아올 수 있다는 건 큰 의미가 있다. 그 자체로 인식의 지평이 넓어지기 때문이다.

내 친한 지인 중에 '육로로 국경을 넘을 수 없는 우리나라' 같은 사람이 있다. 내가 그녀를 안 지도 벌써 8년이 넘었다. 아이를 데리고 영어 스터디에 참석한 날, 우리 아이와 동갑인 남자아이를 데리고 온 엄마가 있었다. 아이들끼리 꼬물거리며 노는 동안 그녀와 이런저런 이야기를 나누었다. 그런데 뜻밖에 고향도, 학교도 나와 같았다. 그녀가 나보다 1살 많으니, 우리는 모르는 타인으로 3년 동안 같은 학교를 다녔던 셈이다. 그러다 이곳 경기도에서 동갑짜리 아이를 데리고 뭐라도 해볼 요량으로 나선 덕분에 서로를 만나게 되었다.

8년 동안 내 삶은 그저 쉬지 않고 흘러가는 개울물이었던 반면, 그녀의 삶은 한 마디로 '쓰나미'였다. 남편과 극도로 사이가 나빠졌고, 막장 드라마 수십 편을 찍었으며, 아버지가 스스로 생을 마감했고, 곧이어 여동생도 아버지의 뒤를 따랐다. 그 후 남겨진 그녀와 그녀의 엄마는 허허벌판의 시든 꽃처럼 맥을 놓아버렸다. 나는 진심으로 그녀를 위로했지만, 그녀의 마음 깊은 곳까지는 닿지 못했다.

"도저히 일어날 수가 없어."

몇 년 전, 그녀가 깊은 우울감에 빠진 날이었다. 살면서 그런 경험이 한 번도 없었던 나는 그녀가 그저 꾀병을 부리거나, 변명을 한다고 생각했었다.

"언니! 그렇게 게으르게 누워있음 어떡해요! 일단 일어나요!"

내가 잔소리하듯 말했다.

"머리로는 일어나야 한다는 걸 알고 있는데, 그게 잘 안 돼……."

푸석한 얼굴로 그녀가 말했다.

"일단 몸을 움직여야 마음도 따라 움직이죠. 의지를 가져요!"

내 말에 그녀는 말이 없었다.

그러다 어느 날, 오랜만에 그녀에게서 연락이 왔다.

"언니, 살아있쓔?"

농담 반, 진담 반을 섞어 내가 물었다.

"응, 상태가 심해져서 병원에 입원했었어."

나는 그제야 내가 얼마나 무심했는지 깨달았다. 그녀는 병원 생활의 단조로움과 권태로움을 별다른 감정 없이 설명했다. 그런데 그녀의 목소리가 너무 담백해서 내 마음이 더 슬퍼지고 말았다.

어제 또다시 그녀를 만났다.

"나 말이야…… 나이 들어서 요양보호센터 같은 데서 살다가 결국엔 고독사하지 않을까? 그럴 바엔 그냥 일찍 마감하는 게 나을지도 몰라."

마치 고독사에 관한 뉴스를 전하듯 그녀가 무미건조하게 말했다. 순간 내가 관찰해 왔던 그녀의 8년이 휘리릭 지나갔다. 그리고 공감 없이 충고만 하던 내 모습도 꼬리를 물었다. 가슴이 뜨끔했다.

"언니…… 죽지 마요……."

그녀는 알까? 내가 누군가에게 이렇게 간절하게 '죽지 말라'고 말한 게 처음이란 걸. 그리고 그 말 속에는 나의 무심함에 대한 깊은 반성도 담겨 있다는 걸.

대화의 말미에 내가 말했다.

"언니, 애들 다 키워놓고, 우리끼리 해외여행 가요."

"그거 좋지. 재밌겠다."

그녀의 눈에 생기가 찾아왔다. 나는 그녀와 국경을 통과하고 싶다. 우리는 변함없이 '우리' 자신이란 걸 인식시켜 주고 싶은 것이다.

그녀의 아버지와 동생은 끝까지 나아가도 바다뿐이라는 사실에 크게 좌절했는지 모른다. 남겨진 그녀도 매번 육지 끝까지 걸어간다. 그리고 넘실대는 파도 앞에서 갈팡질팡한다. 나는 그녀가 바다 앞에서 망연자실하지 말고, 나룻배라도 밀어 생의 의지를 다지길 기대한다.

김연수 작가는 "국경을 넘으면 우리가 누군지 알게 되고, 그럼 결국 지금의 생각과는 아주 다른 사람이 될 거다"라고 말했다. 국경은 우리의 인식 세계가 아닐까? 인식 세계는 얼마든지 확장될 수 있고, 그와 함께 우리도 완전히 다른 사람이 될 수 있을 것이다.

나는 더 이상 그녀에게 의지를 가지고 혼자 국경을 넘어보라고 충고하지 않는다. 그 말이 그녀에게 상처가 된다는 걸 알기 때문이다. 대신 그녀 손을 잡고 함께 국경을 넘어보려 한다. 조금씩, 그리고 천천히!

후렴이
있는 사람

"저기…… 여쭤보고 싶은 게 있는데요."

영어 스터디에 처음 온 멤버가 조심스레 입을 뗐다.

"뭔데요? 규칙 같은 거요?"

"아뇨. 혹시…… 남자도 스터디에 참여할 수 있나 해서요."

신입 멤버의 말에 다들 눈이 휘둥그레졌다. 평일 오전, 주부들끼리 하는 스터디에 참여하려는 남자가 있다니!

"혹시 아는 남자 분이 참여하고 싶대요?"

내가 신기하다는 듯 물었다.

"네…… 그게…… 사실은 제 남편인데요."

그 말에 멤버들 모두 일제히 웃음을 터트렸다.

"영어 스터디가 필요한 사람은 저보다 남편이긴 해요. 영어 강사거든요. 스피킹 연습을 위해 오전 스터디를 찾고 있는데 수준에 맞는 스터디가 잘 없더라고요. 좀 이상하게 들릴지 모르지만…… 오늘 제가 온 것도 스터디 수준이나 멤버들을 보고 남편에게 말해주기 위해서예요."

그쯤 되자 다들 뭐라고 대꾸해야 할지 몰라 입을 꾹 닫아버렸다. 그러자 신입 멤버가 슬쩍 눈치를 보곤 몸을 일으켰다.

"일단 전 먼저 갈게요. 제가 있으면 상의하시는 데 방해가 될 것 같아서요. 리더님! 괜찮으시면 문자로 결과 좀 알려주세요. 남편한테 말해줘야 해서요."

신입 멤버가 꾸뻑 인사를 하곤 스터디 룸을 빠져나갔다.

"다들 어떻게 생각하세요?"

잠시 후, 내가 물었다.

"음, 뭐…… 영어 강사라니 배울 점이 많지 않을까요?"

한 멤버가 그리 중요하지 않다는 듯 툭 말했다.

"저도 괜찮은 것 같아요. 일단 아내가 우리를 보고 안심하는 눈치잖아요. 하하하!"

그 말이 우스워 다함께 까르르 웃었다.

"남자분이 있으면 생각이나 의견도 다양해질 테니 나쁘진 않겠네요."

내가 말했다. 그러자 그때까지 아무 말 없이 있던 한 멤버가 몸을 앞으로 당겨 앉으며 입을 열었다.

"저기…… 저는 좀 반대하는데요!"

"왜요?"

"제가 해외에 있는 동안 한인 독서 모임에 꾸준히 참여했었거든요. 거기에 50대 남자가 멤버로 들어오면 꼭 싸움이 나거나, 분란이 생기더라고요."

그녀가 우리를 한번 쓱 쳐다보더니 다음 말을 이었다.

"자기 생각만 옳다고 우기거나, 자기 지식만 뽐내거나, 그것도 아니면 상대방 의견에 심하게 반박하거나, 셋 중 하나였어요. 그래서 멤버들 간에 감정이 상한 건 물론이고, 큰 싸움으로 이어질 뻔한 일도 있었죠."

그녀 말에 다들 천천히 고개를 끄덕였다.

"근데, 그런 분들만 모임에 오셨던 건 아닐까요? 제가 지금껏 뵌 50대 남성분들은 사려 깊고, 의견 수용도 잘 하시던데요?"

내가 말했다.

"어쩜 그럴 수도 있겠죠. 하지만 중요한 건, 그런 사람들과 모임을 해보니 엄청 피곤하더라고요. 마치 제 기운을 쏙 뺏어가는 느낌이 들어서요."

기억을 털어내기라도 하겠다는 듯 그녀가 세차게 도리질을 쳤다.

"그럼 남자는 멤버로 받지 말죠. 뭐!"

방금 전까지 호의적인 태도를 보였던 이들이 순식간에 반대 의견에 착 달라붙었다.

"네. 그럼 제가 그분께 문자 보낼게요. 그런데 그것도 일종의 편견 아닐까요? 남자들 모두 50대가 될 텐데, 그렇다고 모두 꼰대가 되는 건 아니잖아요."

내가 말했다.

"그렇죠! 근데 꼰대는 자신이 꼰대라고 하지 않아요. 대신 '합리적이고 이성적인 사람'이라고 하죠."

한 멤버의 말에 우린 다 함께 또 웃고 말았다.

그 뒤에도 여러 번 나는 그 멤버의 말을 떠올렸다. 하지만 정작 내가 이야기를 나눠 본 50대 남성들은 전혀 '꼰대스럽지' 않았다. 어떤 이는 학생 운동을 하다가 전과기록을 얻은 일과 사회 부조리에 대항했던 이야기를 담담하게 전해주었고, 또 다른 사람은 삶의 깊이가 대화 속에 자연스레 배어 나오는 '진짜 어른'의 얼굴을 하고 있었다. 그들은 한결같이 겸손했고, 사회개혁을 제대로 완수하지 못한 일종의 부채의식이 있다고 말했다. 그러면서 마음 깊은 곳에는 얼마쯤의 진한 '억울함'도 있다고 고백했다.

그 후 시간이 흘러 마침내 나도 몇 명의 '꼰대'를 만났다. 그리고 그들과 대화하다가 가슴이 답답해서 나도 모르게 한숨을 푹 내쉰 적도 있다. 머리가 어질하고, 호흡이 곤란해지는 바람에 사실 대화를 오래 할 수도 없었다.

그러다 그들의 거들먹거리는 태도가 '젖은 낙엽'처럼 내 의식 어딘가에 척 달라붙은 날이 있었다. 아무리 열심히 떼어 내려 해도 젖은 낙엽은 좀처럼 달아나지 않았다.

그날, 지하철을 타고 가며 무라카미 하루키의 에세이를 읽었다. 그런데 운명처럼 '후렴이 없는 사람'이라는 이야기를 만났다. 그리고 그 이야기를 다 읽었을 때, 젖은 낙엽이 힘없이 툭 떨어졌다는 걸 깨달았다.

하루는 하루키가 어느 상점가를 걷다가 '오블래디 오블라다' 연주곡을 듣게 되었다. 그런데 이상하게 머리가 지끈거려 참을 수가 없었다. 그것은 꼭 '뫼비우스의 띠'를 돌고 있는 느낌처럼 불쾌한 기분이었다.

잠시 후, 그가 이유를 발견했다. 그들이 연주한 음악에는 '후렴구'가 빠져 있었던 것이다. 이를테면 음악의 형식이 AABA로 B가 후렴구라면, 그들의 연주는 A만 무한정 반복하고 있었다.

하루키는 이처럼 머리를 아찔하게 만드는 사람을 '후렴이 없는 사람'이라고 말했다. 후렴 부분은 상대에게 여유를 주는 쉼터 같은 것이다. 그러니 후렴이 없는 사람은 자기 생각만 고집하는 일종의 '꼰대'인 셈이다.

그럼 나는 '꼰대'가 아닌가 하면, 물론 확신할 수 없다. 요즘은 20대 젊은 꼰대들도 심심찮게 볼 수 있으니 말이다. 중요한 건 스스로 '후렴이 있는 사람'인지 '후렴이 없는 사람'인지 정도는 인식해야 한다는 사실이다.

함께 있을 때 침묵이 부담스럽지 않은 사람, 굳이 자신의 탁월성을 드러내지 않는 사람, 상대의 의견은 그것대로 그냥 내버려 두는 사람, 그리고 무엇보다 상대가 쉬어갈 후렴을 가진 사람!

나는 과연 '후렴이 있는' 사람일까?

나는
후크선장!

소년은 엄마가 깊은 한숨을 내쉬는 걸 물끄러미 바라보고 있었다. 형을 바라보는 엄마! 늘 그렇듯 슬픔과 짠함이 눈매 가득 그늘을 만들어냈다.

"너라도 말썽을 안 부리니 얼마나 다행이니."

엄마가 소년의 밤톨 같은 머리를 쓰다듬으며 말했다. 소년은 엄마의 희미한 미소를 보는 일이 즐거웠다. 그래서 늘 말 잘 듣는 '착한 아이'가 되려고 노력했다.

소년의 아버지는 일곱 살에 아버지를 잃고 모진 일들을 겪은 탓에 불안이 기질로 자리 잡은 분이었다. 속에서 터져 나오는 불안을 주체할 수 없어 술을 마셨고, 살림살이를 가차없이 부수고도 해결되지 않는 불안 앞에서 고개를 숙였다. 물론 본인은 내재된 불안과 처절한 전투를 벌이는 것이었지만, 정작 가족들은 그로 인해 커다란 불안을 멍에처럼 짊어지게 되었던 걸 그는 결코 알지 못했다.

아버지의 전투로 엄마가 힘들어할 때마다 소년은 아버지에 맞서 싸우기보다 더욱 '착한 아이'가 되자 스스로 다짐했다. 그럼 틀림없이 엄마가 희미한 미소를 보이는 것을 물론, 소년의 머리를 더 많이 쓰다듬어 줄 것만 같았다.

하루는 소년이 버스 젤 뒷자리에 앉아 있었다. 어느 정류장에서 형이 휘청거리며 버스에 오르는 게 보였다. 소년은 "형!"이라고 크게 부르지도, 손을 들어 올리지도 않은 채, 가만히 몸을 낮추었다.

한 걸음씩 내딛을 때마다 형의 불편한 팔, 다리가 이리저리 나부껴 버스에 들어찬 사람들을 밀치고 있었다. 장애를 가진 형이 안쓰러웠지만, 가족으로 살아가면서 늘 그 마음이 유지되었던 건 아니었다.

형 때문에 엄마가 울기라도 하면, 소년은 참지 않고 버럭 소리를 지르며 모진 말들을 쏟아내곤 했다. 행여 엄마의 희미한 미소가 사라질까 봐 그 작은 가슴이 얼마나 벌렁댔는지 아무도 알지 못했다.

"형한테 그러는 거 아니야!"라는 온기 없는 말들이 소년에게 날아들 때마다 소년은 더욱 '착한 아이'가 되어갔다. 그리고 그 '착한 아이'는 '외로운 착한 어른'으로 성장했다.

"승진하고 나서 너무 힘들어."

남편이 술을 마시고 와서 말했다.

"왜? 일이 많아?"

"아니, 사람들 상대하는 게 쉽지가 않아. 이 사람 사정 들어보면 측은지심이 생기고, 저 사람 말 들으면 또 안쓰럽고 그렇거든. 그래서 냉정하게 일 처리를 할 수가 없어."

남편은 해결되지 않는 불안 앞에서 고개를 숙였던 아버지처럼, 어깨를 움츠리고 가만히 있었다.

"뭐가 문제인지 스스로 잘 알지 않아?"

도돌이표를 또 찍어야 하냐는 듯이 내가 툭 말했다.

"뭔데?"

"착한 아이 콤플렉스!"

"아…… 그렇지."

"착한 사람이 되려는 건 아닌데, 남한테 싫은 소리를 안 듣고 싶긴 해."

남편은 변명하듯 말끝을 흐렸다.

"그게 착한 아이 콤플렉스야!"

"근데 이 기질을 바꿀 수 있는 거야? 평생 이렇게 살아왔는데?"

"더 늦기 전에 내면 아이와 대면해 봐. 회피하지 말고 말이야. 그리고 말해줘. 착한 아이로 산다고 부모님이 사랑을 주는 게 아니라고. 이제 나는 어른이 되었다고. 그동안 너 참 외롭고 쓸쓸했겠다고 토닥여주라고."

남편은 알고는 있지만 쉽지 않다는 표정으로 고개를 끄덕였다.

"아무도 대신 해줄 수 없어! 그저 삶의 기술만 조금 바꾸려 하지 말고, 본질 자체를 바꾸려고 해 봐."

내가 한 마디 덧붙였다. 이번에도 남편은 쓸쓸한 얼굴로 고개를 주억거렸다.

하루는 우리아이가 심각한 얼굴로 내게 말했다.

"엄마! 나는 엄마 성격이 참 부러워."

"왜?"

"엄마는 싫은 소리도 잘 하잖아."

"엄마 흉보는 거야?"

내가 발끈하며 물었다.

"아니야. 진짜야. 나는 친구들한테 솔직하게 말하고 싶은데, 친구들이 싫어할까 봐 말을 안 해. 가끔은 싫은 소리를 해야 하는데도 그냥 꾹 참고 말아."

아이가 입을 뽀로통 내밀었다.

"착한 아이가 되고 싶은 거구나?"

"응. 친구들이 날 욕하거나 하면 싫을 것 같아. 그래서 욕 듣지 않으려고 내가 하고 싶은 말도 참아버려. 근데 좀 속상하고 답답할 때가 많아서 엄마처럼 말할 수 있음 좋겠어."

아이는 해답을 찾는 눈으로 날 쳐다보고 있었다. 순간 나는 피터팬에 나오는 후크선장처럼 '착한 아이들' 틈에 낀 악당이 된 것 같았다.

"엄마의 비법을 알려줄까?"

"응!"

"그냥 '네'가 되는 거야! 착한 사람, 좋은 사람, 멋진 사람…… 이런 거 말고, 그냥 '너' 말이야."

내 말에 아이 눈이 동그래졌다.

"난 어떤 사람인데?"

"글쎄, 그건 네가 잘 알겠지? '어떤 사람' 말고, 그냥 네가 느끼기에 가장 편안한 '너'를 생각해봐. 그건 분명 '착한 아이'는 아닐 거야. 그치?"

아이가 고개를 끄덕였다.

"알았어. 이제부터 그냥 '내'가 되어보려고 노력해볼게."

여전히 아이는 '편안한 나'를 찾고 있는 중이다. 그리고 남편은 '내면 아이'를 다독이는 일을 시작하려 한다.

나는 늘 그렇듯 '착한 사람들' 틈에서 쓴 소리를 해대는 후크선장 역할을 맡고 있다!

세속적인
내가 사는 법

가끔 아이와 이야기를 하다가 나도 모르게 멈칫하게 된다. 내가 하는 말들이 지나치게 세속적이고 현실적이어서 마음이 서늘해지는 경우가 바로 그런 때다. 세상살이를 알 만한 나이에 꿈과 희망만 노래하는 것도 부적절하지만, 그렇다고 자본주의 논리에 맞춰서 세상을 바라볼 필요까진 없지 않을까?

최고의 남극 탐험가로 일컬어지는 어니스트 섀클턴이 함께 남극으로 갈 동료를 뽑기 위해 신문에 광고를 냈다.

"위험한 여행에 함께할 사람을 찾습니다. 급료는 적고 뼈가 으스러지도록 추울 것이며 오랫동안 칠흑 같은 어둠 속에 있어야 합니다. 항상 위험이 도사리고 있으며 무사히 돌아오리란 보장도 없습니다. 성공할 경우 대가는 명예와 인정뿐입니다."

이런 협박문에 가까운 광고를 보고 도전할 사람이 있을까 싶은데, 무려 5천 명이나 신청했다고 한다. 또한 알려진 바와 같이 어니스트 섀클턴의 남극 탐험선 이름은 'Endurance(인내)'다. 오직 인내를 통해서만 이를 수 있는 곳을 향하기 때문이다. 그런데 기껏해야 명예와 인정 밖에 주어지지 않을, 혹은 그 마저도 확실하지 않은 일에 수많은 사람들이 도전하려던 이유는 무엇일까?

길을 가다가 우연히 '안마방'이라는 간판이 보이면, 나는 한 글자씩 떼어 천천히 읽어본다.

"안, 마, 방!"

어딘가 음습하고 눅눅한 느낌을 주는 그 단어가 내게는 나름 '순수한 열정'을 상기시킨다.

대학 때 시각장애인 언니의 공부를 도와주던 시절, 하루는 언니가 일터에 가야 한다고 말했다. 시간이 애매한 관계로 잠시 일을 하고, 다시 공부를 하자는 뜻이었다.

"언니 무슨 일 하시는데요?"

앞이 거의 보이지 않는 탓에 이동할 때마다 땀을 흠뻑 흘리던 언니였기에 막연히 '일'과는 거리가 멀 거라 생각했었다.

"나 마사지사야!"

'마사지사'라는 단어에 내가 움찔하며 말이 없자 언니가 눈치 챈 모양이었다.

"퇴폐적이거나 뭐 그런 거 아니야!"

나는 다행이다 싶어 가슴을 쓸어내렸다. 그리곤 냉큼 언니를 따라나섰다. 잠시 후, 택시가 도착한 곳은 아주 낡고 허름한 건물 앞이었다. 쓰러져가는 건물에 유독 간판만 말간 얼굴을 자랑하고 있었다. 〈안마, 마사지, 전신 마사지〉

언니는 지팡이로 땅을 툭툭 치며 입구를 찾아 들어갔고, 나는 언니 꼬리를 쫓으며 '안마'라는 단어를 중얼거렸다. 카운터에 선 요란한 복장의 여자가 우리를 흘끔 쳐다봤다. 나는 지은 죄도 없이 괜스레 여자의 과한 화장 앞에서 쪼그라들고 말았다. 마치 꼬맹이가 어른들 세계에 발을 들여놓았다는 이유로 혼쭐이라도 날 것 같은 분위기였다.

"이 아이는 제 아는 동생이에요."

언니가 사나운 여자에게 말했다. 여자는 여전히 내가 마음에 안든다는 듯 눈알을 두어 번 굴리곤 입을 비죽였다. 방 호수를 물은 다음, 언니가 나와 함께 어느 방으로 들어갔다.

낡은 건물만큼이나 음침한 느낌의 방이었다. 나는 집을 보러 온 사람마냥 방을 요리조리 살펴보느라 정신이 없었다. 한참 목을 빼고 창문을 살피는데, 등 뒤에서 소리가 났다. 체구가 작은 아저씨 한 명이 들어섰다. 나는 남의 집을 살펴보다 걸린 사람처럼 깜짝 놀라 후다닥 언니 옆에 가서 붙었다.

"자! 누우세요!" 언니가 아저씨를 향해 능숙하게 말했다. 언니와

151

나를 번갈아 쳐다보던 아저씨가 매트 위에 가서 엎드려 누웠다. 다음 순간, 언니가 주춤주춤 아저씨에게 다가가 어깨부터 꾹꾹 누르기 시작했다. 야무진 손놀림이 이어질수록 아저씨는 '윽! 윽!' 소리를 줄기차게 냈다.

한쪽 벽에 달라붙어 그 모습을 지켜보던 나는 기분이 묘해졌다. 돈을 내고 마사지를 받으러 온 아저씨, 돈을 벌기 위해 눈 대신 손에 의지한 언니, 그리고 삶이 지루해 무료로 누군가를 돕고 있던 내가 한 공간에서 각자의 일을 하고 있었다. 우리 셋 중에 가장 고단한 건 언니였고, 가장 호사스러운 건 아저씨였다. 그리고 나는 노동과 돈으로부터 멀찍이 떨어져, 나름 '이상'과 '봉사'의 정신으로 충만한 상태였다. 돈도 명예도 주어지지 않았고, 가끔은 내 돈을 써가면서 무언가를 해야 했지만, 마음은 한없이 평온하고 즐겁던 시절이었다.

아저씨의 '윽! 윽!' 소리를 15분 이상 듣고 있자니 불편해서 절로 엉덩이가 들썩였다.

"저기…… 언니!" 내가 조용히 언니를 불렀다.

"어?" 눈을 꼭 감은 언니가 귀를 내 쪽으로 돌렸다.

"나 옥상에라도 올라가 있을게요. 지루해서요."

"아, 그래? 그렇게 해. 나중에 입구에서 보자!"

엎드린 아저씨가 흘깃 내 쪽을 쳐다봤다. 좁은 방에 함께 있긴 했지만, 나와는 어떤 관련도 없는 사람이었기에 인사를 하기도 안 하기도 애매한 상태였다.

"마사지 잘 받고 가세요!"

어정쩡하게 내가 인사를 건넸다.

"윽! 아, 네! 윽!"

아저씨의 '윽!' 소리가 경쾌하게 이어졌다. 나는 조용히 방을 빠져나와 옥상으로 올라갔다. 색색의 수건들이 빨랫줄에 매달려 멋진 군무를 뽐내고 있었다. 투명한 하늘 아래 허름한 옥상에서 나는 수건들의 춤사위를 오랫동안 감상했다. 그리고 생각했다.

'이곳에 돈을 벌러 오지 않아서 얼마나 다행인가!'

다시 카운터를 지나는데, 요란한 여자가 수건을 옮기며 나를 또 흘깃 쳐다봤다. 카운터에 가려서 보이지 않았던 여자의 짧은 치마가 내 눈에 쏙 들어왔다. 딱딱! 껌 씹는 소리가 여자의 입에서 새어 나왔다. 그런데 웬일인지 그 고약한 소리가 귀에 거슬리지 않았다. 그저 노동의 고단함을 가볍게 받아들이려는 여자만의 방법일 거라 생각했다.

잠시 후, 땀을 흠뻑 흘린 모습으로 언니가 나왔다. 돈을 벌어서 행복한 것인지, 몸을 움직여서 개운한 것인지 알 수 없었다. 다만 도착했을 때와는 달리 언니 얼굴에 선명한 만족감이 들어차 있었다.

우리는 다시 언니 집으로 돌아와 지루한 공부를 이어갔다. 소리 내어 지문을 읽어주다가 뜬금없이 내 '순수한 열정'이 기특해 나 혼자 히죽 웃었다. 돈을 받지 않고도 얼마든지 뿌듯할 수 있다는 걸 처음으로 깨달은 순간이었다.

"엄마가 좋아하는 말 알고 있지?"

"무슨 말?"

아이가 눈을 동그랗게 떴다.

"중요한 건 눈에 보이지 않는다!"

실컷 세속적인 말들을 늘어놓고선 그 특유의 뻔뻔함을 털어내려고 내가 말했다.

"어린 왕자에 나오는 말이지?"

"응. 사랑이나 우정, 믿음 같은 거 말이야. 눈에 보이지 않지만 제일 중요한 거잖아. 그러니까 너도 가끔 생각해봐. 네가 진짜 중요한 걸 위해 달리고 있는지 말이야."

아이가 싱긋 웃으며 고개를 끄덕였다.

나도 아이도 늘 잊지 않았으면 좋겠다. 순수한 열정을 발휘하는 일엔 돈도 명예도 그리 중요하지 않다는 것을.

부족해도
괜찮은 사람

"나 방금 진짜 기분 나빴어."

큰언니가 씩씩거리며 내게 전화를 했다.

"왜? 무슨 일인데?"

"휴대폰을 바꾸려고 대리점에 갔는데 말이야. 아저씨가 완전 매너가 없는 거야."

거친 숨소리를 뿜어대는 언니 목소리에 짜증이 가득했다.

"그냥 그 아저씨 성격이 그런 거 아냐?"

내가 심드렁하게 대꾸하자, 언니는 어쩜 그럴 수 있냐는 듯 목소리를 높였다.

"이게 그냥 성격이라고 넘어갈 문제야? 손님이 왔는데 쳐다보지도 않고, 뭘 그리 까다롭게 고르냐는 듯이 툭툭 말을 하지 않나, 게다가 비싼 폰을 살 돈은 있냐는 듯이 나한테 얼마나 비아냥댔는지 알긴 아냐구!"

마치 어른에게 일러바치는 아이처럼 언니가 쉬지 않고 쏟아내기에 내 머리가 지끈지끈 아파 왔다.

"자자! 흥분하지 마!"

내가 한 템포 쉬어가자는 듯 달랬다.

"네가 그런 대우를 받았다고 생각해봐. 너도 화가 나서 펄쩍 뛰었을걸? 안 그래?"

"그래, 그래! 알았어. 근데 일단 전제부터 바꿔 봐! 지금 화가 나는 건 무시당한 기분 때문에 그런 거잖아. 맞지?"

내 말에 언니가 마지못해 작게 대답했다.

"그래⋯⋯."

"그럼 언니는 스스로가 무시당할 만한 사람이라고 생각하는 거지? 그러니까 그 전제를 바꿔보라고. 언니는 무시당할 만한 사람, 혹은 무시당해도 되는 사람이 아니라고 말이야. 그 아저씨는 언니랑 아무 상관없는 사람이야. 아마 어떤 손님이 와도 늘 그런 태도를 보일 거라고. 그 아저씨가 왜 그랬냐고? 그냥 장사 수완이 없는데, 성격마저 나쁜 사람인 거야."

언니가 아무 말 없이 듣고 있더니 한 마디 툭 내뱉었다.

"너⋯⋯ 그거 또 책에서 읽은 거지?"

"푸하하하 응! 꽤 도움 되지? 그나저나 언니는 참 좋겠다!"

"왜?"

"이렇게 똑똑하고, 도움 되는 동생이 있으니까. 누가 언니한테 이렇게 살이 되고 피가 되는 이야기를 해줄 수 있겠어? 그러니까 복 받은 줄 알라고."

그제야 언니가 피식 웃었다. 그리곤 한참 만에 한숨 쉬듯 물었다.

"이게 다 내 낮은 자존감 탓이겠지?"

"웅! 맞아!"

"야! 아무리 그래도 바로 대답할 건 뭐야!"

"화낼 거 없어. 나도 그런데 뭐! 젤 좋은 방법은 자꾸 전제를 바꾸는 연습을 하는 거야. 난 무시당할 만한 사람이 아니다! 나는 꽤 괜찮은 사람이다! 이렇게 말이야."

"그래. 네 말이 맞아!"

한층 누그러진 목소리로 언니가 말했다.

"세상에 무례한 사람들이 얼마나 많은데, 그때마다 우리가 광분하면 너무 손해잖아. 그리고 애초에 그들은 우릴 특정해서 공격할 의도도 없는 걸? 그저 자신의 못된 심보를 누구에게든 발산하는 거야. 그러니까 문제가 있는 건 상대지, 우리가 아니란 것만 기억해."

내가 말해놓고도 꽤 근사한 말인 것 같아 흐뭇한 웃음이 새어 나왔다.

그런가 하면 어느 날, 책에서 신선한 대목을 읽고 내 머릿속이 환해졌다. 작가 무라카미 하루키가 처음으로 문예지 신인상에 선정되었을 때, 담당자가 이렇게 말했단다.

"당신 소설에는 '상당히' 문제가 있지만, 뭐 열심히 해보세요."

그 말을 듣고 기분이 좋을 사람은 아무도 없을 테다. 무라카미 하루키 또한 당시에는 어이가 없어서 '그렇게 잘난 척 말할 것까진 없잖아.'라고 생각했다.

하지만 세월이 한참 흐른 어느 날, 삶을 되돌아본 그가 스스로 내린 결론은 이러했다.

"나라는 인간에게도, 내가 쓴 소설에도 상당히 문제가 있었고, 지금도 있는 게 확실한 것 같다. 그렇다면 상당히 문제가 있는 인간이 상당히 문제가 있는 소설을 쓰고 있으니, 누군가 뒤에서 손가락질해도 어쩔 수 없는 일이다."

누가 그의 작품이나 인격에 관해 욕을 하면, 그는 생각한다.

'미안합니다. 원래 상당히 문제가 있어서요.'

자신의 부족함을 굳이 방어하지 않고, 그냥 전제로 써버리는 대범함! 나는 왜 지금껏 사력을 다해 나의 부족함을 방어했던 걸까? 그냥 쿨하게 인정해버리면 속 편할 것을.

누군가 나에게 '위선자'라고 말하면, 나는 부들부들 떨며 몇 날 며칠을 앓아누울지도 모른다. 하지만 하루키는 자신에게 위선적인 모습이 있음을 인정하고, 고개를 끄덕인다. 누군가 나에게 '거짓말쟁이'라고 말하면, 나는 둔한 몸놀림에도 육탄전을 벌일지 모른다. 하지만 하루키는 그냥 수긍하고 만다.

가만히 생각해보면 누구나 거짓말을 하고, 정도의 차이일 뿐 위선적인 모습을 가지고 있다. 그런데도 '위선자', '거짓말쟁이'라는 단어가 날아들면, 나를 아예 부정한 사람으로 몰아간다고 생각하기 마련이다.

하지만 하루키처럼 내 속에 있는 그 대목만 쿨하게 인정해버리면 어떨까? 높은 자존감이란, 자신의 부족함을 완벽함으로 포장하지 않는 태도가 아닐까? 우리 중 누구도 완벽할 수 없고, 완벽할 필요도 없다.

그럼에도 불구하고 매일매일 타인에게 완벽해 보이려 고군분투하며 산다. 나의 부족함을 들킬까 마음을 졸였던 일이 나도 수없이 많았다.

그런데 정작 타인은 내게 관심이 없었고, 설령 내 부족함을 알았다고 해도 크게 신경 쓰지 않았다. 그저 나만 전전긍긍하며 완벽함에 이르려 노력했을 뿐이었다.

"나는 부족한 것 투성이다."

"나는 꽤 괜찮은 사람이다."

어떤 일이 있어도 이 두 전제만 버리지 않는다면, 우리가 크게 흔들릴 일은 없지 않을까? 그러니 잊지 말자!

"당신도 나도 부족한 사람들이다. 하지만 꽤 괜찮은 사람들이다!"

3

혼자

아파하지 말아요

반짝반짝한
삶

붓다의 어린 시절에 관해 읽은 적이 있다. 그가 태어난 지 7일 만에 그의 어머니가 세상을 떠났다. 갓난아기가 어머니 없이 살아갈 날들이 안타까웠던 아버지는 연민을 '정성'과 '보호'로 바꾸어 최선을 다해 아들을 키우기 시작했다. 슬프고 불행한 것, 더러운 것 등을 경험하지 않은 아이는 세상을 '행복' 자체로 인식하며 성장했다.

삶이 행복이기에 그의 세상에는 고난도 좌절도 존재하지 않았다. 마치 온실 속에서만 길러진 화초처럼, 그는 온실 밖 비바람과 태풍에 맞서는 법은 물론, 그 존재조차 알 수 없었다. 마지막 순간까지 온실 밖 세상을 몰랐다면 그는 그저 행복한 채로 죽음에 이르렀을지도 모른다. 하지만 마침내 그는 세상의 진실을 알게 되었다. 그리고 출가를 결심했다.

만약 세상을 온실 안과 밖으로 나눈다면, 나는 어릴 적부터 철저히 온실 밖에서 살아왔다. 그래서 그게 보편적이고 일반적인 삶이라고 굳게 믿었다. 그런데 초등학생 때, 친한 친구 집에 놀러 가보고 처음으로 '온실'의 존재를 알아버렸다. 내가 속한 세상 외에, 근사한 세상이 존재하고 있다는 사실은 '슬프다'는 말에는 다 담겨지지 않을 뿐더러, 균열로 점철된 내 작은 마음을 보기 좋게 깨버리기에 충분해 보였다.

'소연'이라는 친구는 피부에서 반짝반짝 윤이 났다. 뺨의 작은 보조개에선 웃을 때마다 반짝이는 별 가루가 퐁퐁 솟아났고, 표정과 행동에는 여유가 넘쳤으며, 말투는 모난 곳 하나 없이 매끄러웠다. 나는 단번에 그 친구에게 푹 빠져버렸다. 우린 늘 손을 잡고 다녔고, 눈만 마주치면 까르르 웃느라 바빴다. 게다가 내 뾰족한 말투에도 친구는 화를 내기는커녕, 재미있다고 더 크게 웃곤 했다. 나는 눈을 크게 뜨고 농담이 아니라고 했지만, 친구는 그럴 때마다 내 손을 잡아당겨 함께 뛰자고 말했다.

어느 날, 친구가 자기 집에 놀러 가자고 했다. 나는 아무 생각 없이 친구를 따라갔다. 그런데 작지만 정갈한 친구 집으로 들어서는 순간, 왠지 모르게 '그냥 집으로 가고 싶다'라는 생각을 했었다. 친구 집 진열장을 들여다보곤, 그 이유를 금세 알아챘다. 진열장에 투명한 유리잔들이 일렬로 늘어서 있었다. 그리고 그 속에는 갖가지 색깔의 가짜 보석들이 제 빛을 발하며 들어앉아 있었다. 처음 보는 반짝거림에 넋을 잃은 나는 빛나는 유리잔에 담긴 더 빛나는 보석들을 멍하니 바라보았다. 그러다 티끌 하나 없는 유리잔 표면에 내 얼굴이 어른거리자 마치 못 볼 걸 봤다는 듯 뒷걸음질 쳤다.

"그거 우리 엄마가 제일 좋아하는 거야. 먼지가 앉을까 봐 매일 닦고 또 닦으셔."

친구 목소리에 '행복'이 스며있었다.

"이런 걸 왜 좋아하시지?"

내 목소리엔 심통 난 '가시'가 붙어 있었다.

"그야 반짝이니까. 반짝이는 건 다 예쁘잖아."

그 순간 친구 눈이 '보석'처럼 빛났다.

"반짝인다고 다 예쁜 건 아니야!"

내 눈가에 익숙한 '그림자'가 내려앉았다.

"반짝이는 건 다 예뻐. 하늘의 별도 반짝여서 예쁘잖아. 우리 엄마가 그랬어. 세상도 반짝반짝 빛난다고."

웬만해선 웃음기를 지우지 않던 그 친구가 그때만큼은 다른 얼굴을 하고 있었다. 마치 나의 잘못된 믿음을 바로잡아주겠다는 듯 결의에 차 보였다. 나는 평소처럼 억지를 부려볼까 생각했다가 그냥 입을 꾹 닫아버렸다.

잠시 후, 친구가 밥에 날달걀을 하나 톡 깨 넣고, 간장과 참기름을 넣어 비볐다. 따끈한 밥이 지나간 자리마다 투명한 달걀이 흰색으로 변해갔다. 온실 속에는 '냉기'나 '허기짐' 따위가 비집고 들어갈 틈이 없었다. 밥통만 열면 김이 모락모락 나는 밥을 언제든지 먹을 수 있었고, 냉장고엔 매끈한 달걀이 가득했기 때문이었다. 우리는 고소한 밥을 입에 밀어 넣느라 아무 말이 없었다.

"너 이제 믿는 거지?"

친구가 달걀 표면보다 더 매끄러운 피부를 뽐내며 고개를 들어 올렸다.

"뭘?"

"반짝반짝 말이야."

세상이 반짝반짝 빛난다는 말을 믿으라는 뜻인 것 같았다. 다음 순간, 친구가 두 손을 들어 올려 '반짝반짝 작은 별, 아름답게 비치네'라며 노래를 부르기 시작했다. 친구 입에서 터져 나오는 노래를 들으며 나는 진심으로 울고 싶었다.

시간이 흘러 우리는 중학생 때, 또 같은 반이 되었다. 그때는 더 이상 친하지 않았고, 그저 데면데면한 채 추억을 밀어내며 지냈다. 나는 여전히 시니컬했고, 친구도 온실 속 화초인 건 마찬가지였다.

하지만 친구의 표정만은 미묘하게 달라져 있었다. 누군가 수건의 물기를 짜 버린 듯, 친구 얼굴에서 '반짝반짝'을 일부러 짜낸 것만 같았다. 눈도 입도, 손도 더 이상 '반짝반짝' 노래를 쏟아내지 않았고, 친구들의 가시 돋친 말에 불쑥 화를 내기도 했다. 그 옛날 세상의 아름다움만을 노래하던 친구는 이미 사라진 듯 보였다. 어쩌면 그때쯤 친구도 온실 밖 세상을 알아 버린 건지도 몰랐다. 내가 사는 세상으로 친구가 나오면 내 마음이 한없이 즐거울 줄 알았다.

그런데 이상하게도 전혀 그렇지 않았다. 할 수만 있다면 나는 친구를 다시 온실 속으로 넣어주고 싶었다. 그리고 너라도 '반짝반짝'을 계속 부르라고, 나대신 누군가는 그 노래를 불러야 하지 않겠냐고 말해주고 싶었다. 나는 그렇게 오랫동안 '온실 밖' 세상, 그러니까 인간의 현실적인 세상에 대한 거부감과 환멸을 가지고 살았다.

그러다 붓다의 마지막 말을 읽고, 또 읽으며 생각이 바뀌기 시작했다.

"슬퍼하지 마라. 내가 언제나 말하지 않았느냐. 사랑하는 모든 것은 곧 헤어지지 않으면 아니 되느니라. 제자들이여, 그대들에게 말하리라. 제행(諸行)은 필히 멸하여 없어지는 무상법(無常法)이니라. 그대들은 중단 없이 정진하라. 이것이 나의 마지막 말이니라."

붓다의 속뜻을 깨달고 나니 세상이 달라 보였다. 모든 것들은 결국 소멸한다. 그러니 소멸에 슬퍼하고 좌절할 필요가 없다. 오히려 소멸하기 전, 존재에 오롯이 감사하는 마음을 가지는 것이 올바른 이치일 테다. 사랑하는 사람이 죽지 않기를 기대하지 말고, 그 사람이 살아있는 동안 더 많이 사랑해주면 된다. 그리고 세상이 '반짝반짝'하지 않다고 말하지 말고, '반짝반짝'하는 순간을 열심히 즐기면 된다.

지금 깨달은 것을 그때도 알았더라면, 나는 기꺼이 손을 들어 올려 친구와 '반짝반짝' 노래를 불렀을 테다. 또한 중학생 때, 친구의 얼굴이 빛나지 않게 되었을 때도 함께 긍정의 말을 찾아보았을 것이다.

　결국 우리에게 중요한 것은 온실 속이냐 밖이냐의 문제가 아니라, 내 마음이 향하고 있는 '긍정'과 '부정'이 아닐까 싶다. 그래서 우리 자신을 포함한 모든 소멸하는 것들 속에서도 나는 집요하게 '긍정'의 반짝임을 발견할 생각이다. 모든 죽어가는 것들에서 '죽음' 이외의 것을 볼 수 있다면, 모든 영원할 것 같은 것들에서 '소멸'을 볼 수 있다면, 우리의 삶도 지금보다 더 '반짝반짝'하지 않을까?

딸을 위한
기도

"엄마, A랑 B랑 사귄대!"

학교에서 돌아온 아이가 들뜬 목소리로 말했다.

"뭐라고? 초등학생들이 사귀는 게 말이 돼?"

내가 소리쳤다.

"나도 몰라. 하여튼 오늘부터 1일이래! 하하하."

아이는 재밌어 죽겠다는 표정이었다.

"A는 엄청 내성적인 아이 같던데?"

"응! 근데 A가 수업시간에 B를 향해 손 하트를 날렸대. 그 순간 B
가 심쿵 했다지 뭐야? 그래서 쉬는 시간에 바로 고백했대."

저녁밥을 먹으며 내가 남편에게 A와 B 이야기를 했다.

"너는 중학교까지 남자친구 사귀거나 그럼 안 돼!"

남편이 난데없이 아이 쪽으로 몸을 돌리며 말했다. 아이는 새초
롬한 표정으로 아빠에게 눈을 흘겼다.

"그게 무슨 말이야? 고등학교까지 안 되는 거지. 너, 대학교 가서 남자친구 사귀는 거야. 알겠지?"

내가 진지한 목소리로 톡 끼어들었다. 이번에도 아이는 가재미 눈으로 째려보느라 바빴다.

"만약 괜찮은 남자친구를 발견하면, 집에 데려와 봐. 아빠가 보고 판단할게."

"무슨 말이야! 고등학교 졸업할 때까지는 안 된다니까!"

중학교냐 고등학교냐를 두고 우리 둘이서 실랑이를 벌이는 동안, 아이는 입을 꾹 닫고 있었다. 그러다 한참 만에 자리를 털고 일어나며 한 마디 툭 내뱉었다.

"내 인생이야! 내 인생은 내가 알아서 할게!"

순간 둘은 예상치 못한 반격에 멈칫해서는 멍하니 아이만 쳐다보고 있었다. 아이의 발그레한 볼이 휙 돌아갔다.

작은 어깨가 넘실대며 멀어져 가는 걸 보니, 문득 김혜진 작가의 소설《딸에 대하여》가 떠올랐다.

주인공인 엄마는 딸의 뒷바라지를 열심히 하며 살았다. 그런데 엄마의 기대와는 달리 딸은 안정된 직장도, 가정도 없이 부유하는 삶을 살고 있었다. 엄마는 자신의 삶을 답습하듯 구질구질하게 살아가는 딸이 영 못마땅했다. 게다가 어느 날엔 엄마 집에 신세를 지겠다며 애인을 데리고 왔다. 엄마는 딸이 레즈비언이라는 사실을 받아들일 수 없어서 자꾸만 불편한 말과 행동을 이어갔다.

책의 전반부까지 나는 딸 입장에서 엄마의 꼰대 언행을 지켜보며 한숨을 쉬곤 했다. 하지만 우리 아이가 휙 몸을 돌리는 순간, 나도 모르게 폴짝 뛰어 소설 속 엄마가 되었다. 그녀는 특별하지도, 딸에 대한 기대가 높지도 않았다. 나처럼 평범하기 이를 데 없는 그냥 엄마였다. 그런데 나와 꼭 닮은 그 엄마의 마음을 왜 나는 내내 모른 척했을까? 소설 속에서 엄마가 가슴 절절하게 목소리를 높인 대목이 지금도 귀에 울리는 것 같다.

"나는 내 딸이 이렇게 차별받는 게 속이 상해요. 공부도 많이 하고 아는 것도 많은 그 애가 일터에서 쫓겨나고 돈 앞에서 쩔쩔매다가 가난 속에 처박히고 늙어서까지 나처럼 이런 고된 육체노동 속에 내던져질까 봐 두려워요. 그건 내 딸이 여자를 좋아하는 것과는 아무 상관이 없는 일이잖아요. 난 이 애들을 이해해 달라고 사정하는 게 아니에요. 다만 이 애들이 잘할 수 있는 일을 하도록 내버려 두고 그만한 대우를 해 주는 것, 내가 바라는 건 그게 전부예요."

소설 속 엄마는 두려운 거였다. 딸이 엄마의 '전형적인 삶'을 벗어나지 못할까 봐. 그리고 보니 내 마음 한편에도 그런 두려움이 있다. 명절에 기름 냄새에 절은 끈적함, 모성의 강요, 성차별 등등, 내가 늘 느끼고 있는 높다란 벽들을 부디 내 딸은 만나지 않았으면 하는 바람이 굳건하게 내 속에 똬리를 틀고 앉았다.

다음 날, 아이와 분리수거를 하러 엘리베이터에 올랐다. 거울 속 우리는 어느새 키가 엇비슷해졌다.

"너 알아? 엄마는 가끔 네가 딸이 아니라 여동생 같다는 거."

"정말?"

아이는 '여동생'이라는 말에 까르르 웃었다.

"응. 그러니까 가끔 언니라고 불러!"

내가 장난치듯 말하자, 아이 웃음소리가 더 커졌다.

"엄마! 이렇게 늙은 언니가 어딨어?"

"늙긴 누가 늙었다고 그래? 나이 차이 많이 나는 자매도 있잖아. 딱 봐도 우린 절대 모녀 같진 않아."

뻔뻔스런 표정으로 내가 말했다.

"어이고! 우리 엄마, 젊어지고 싶어요? 알았어! 젊다고 해줄게. 어머머! 주름이 하나도 없으시네요!"

엘리베이터 문이 열리자 아이는 넉살 좋게 웃으며 달려나갔다. 그 작은 어깨가 공중으로 튀어오를 때마다, 나는 기도했다.

"부디 이 땅의 딸들이 엄마의 '전형적인 삶'을 극복할 수 있기를, 그리고 엄마의 삶을 애도해줄 수 있기를, 그래서 결국엔 자신을 더 사랑할 힘을 얻게 되기를……."

반쪽 소리의 오해

아침에 박완서 작가의 〈옥상의 민들레꽃〉이라는 단편을 필사하다가 주인공의 말에 마음이 울렁였다.

"나는 어른이 되려면 아직 아직 먼 어린 사람인데도 살고 싶지
않았던 적이 있습니다. 정말입니다."

작디작은 꼬마의 사정을 궁금해 하다가 문득 나도 그 마음에 가
닿은 적이 있다는 것을 기억해냈다. 내가 주인공 꼬마만큼 작았을
때, 하루는 '죽고 싶다'는 말을 종이 앞뒤로 빽빽하게 채워 넣은 적이
있다.

당시엔 분명 뚜렷한 이유가 있었을 텐데, 잘 기억나지 않는 것으
로 보아 그리 무거운 일은 아니었던 듯싶다. 하여튼 꼬마가 '죽고 싶
다'는 말을, 그것도 빨간색 매직으로 촘촘하게 쓰는 풍경은 어딘가

좀 서글픈 데가 있다. 하지만 그 서글픔과는 상관없이 그 말을 개운하게 쏟아낸 나는 아무 생각 없이 종이를 책상 어딘가에 밀어 넣고 까맣게 잊어버렸다.

며칠 후, 술에 취한 아빠가 큰소리로 나를 불렀다.

"너, 정말 죽고 싶은 거야?"

내가 탁자 가까이 다가가자 아빠의 고함 소리가 무자비하게 날아들었다. 자다가 난데없이 잡혀 온 인질처럼, 나는 사태를 파악하랴, 졸린 눈꺼풀을 들어 올리랴 정신이 하나도 없었다.

"대체 왜? 뭐가 문제야?"

또 한 번 고함소리가 내 귓가를 때릴 때쯤, 탁자 위 빨간 글자들이 내게 손짓했다. 자신들이 볼모로 잡혔으니, 적당한 타협안을 생각해보라는 손짓이었다.

"저…… 그게 아니라……."

다급한 마음에 주섬주섬 말을 꺼내긴 했다.

"그게 아니면 뭐야? 머리에 피도 안 마른 녀석이 죽고 싶다니! 당신 가서 쥐약이라도 가져 와!"

아빠는 엄마 팔을 당겨 세우며 눈을 희번덕댔다. 나는 쥐약이라는 말에 움찔 놀라, 행여나 내 입에 쥐약이 들어올까 봐 두 손으로 입을 틀어막았다.

"사실대로 말해 봐! 딸꾹!"

술에 취하면 늘 그렇듯 이번에도 아빠의 말끝에 딸꾹질이 따라붙었다. 그런데 딸꾹질 소리가 내 귀에 꽂히자마자 하마터면 웃음이 터질 뻔했다. 진지한 상황에 딸꾹질이라니! 나는 고개를 최대한 아래로 끌어당기고, 손가락으로 허벅지를 살살 꼬집기 시작했다.

"너 웃어? 딸꾹!"

아빠 목소리에 노여움이 들어찼다. 그런데도 내 귀에는 딸꾹 소리 밖에 들리지 않았다. 이번에는 허벅지를 더 세게 꼬집었다. 아파서 눈물이 찔끔 나올 것 같았다. 그 사이 아빠도 지쳤는지 더 이상 말이 없었다. 잔소리가 드디어 끝났나 싶어 내가 슬쩍 고개를 들어 올렸다.

'아······.'

쥐약을 경계해 단단히 닫혀 있던 내 입술이 살짝 벌어졌다. 딸꾹 소리로만 상상하던 아빠 표정이 아니어서였다. 아빠는 희망도 꿈도, 의지도 잃어버린 그야말로 '텅 빈' 얼굴을 하고 있었다.

"아빠, 진짜 죽고 싶어서 그랬던 건 아니에요. 그냥 장난삼아 써본 거라고요. 진짜 죽고 싶었으면 콱 죽어버렸지, 왜 그런 걸 쓰고 있었겠어요. 진짜예요!"

나는 아빠 얼굴에서 지워진 온갖 좋은 것들을 다시 끌어오고 싶었다. 순간 아빠의 좁아진 눈매에 눈물이 그렁그렁 맺혔다. 내 눈에서도 눈물방울들이 후두둑 쏟아지기 시작했다.

"내가 너희들을 위해 얼마나 뼈 빠지게 일하는지 알아? 얼마나 비굴하게 일하는지 아느냐고! 죽고 싶은 건 바로 나다! 바로 나! 딸

175

꾹!"

어린아이처럼 고개를 푹 숙인 아빠가 입을 닫자마자 구슬픈 '딸꾹 소리'가 새어 나왔다.

우리 시어머니는 언젠가부터 숙면을 취하지 못해 늘 피곤해하신 다. 아마도 둘째 조카가 태어나고부터인 것 같다. 그 아이는 태어날 때부터 병약한 탓에 지금까지 두어 번 자다가 호흡을 멈춘 적이 있 다. 119를 불렀던 날들의 트라우마 때문인지 시어머니는 늘 아이의 호흡에 집중하신다.

명절에 시댁에서 잠든 날, 낯선 환경 탓에 나는 쉬이 잠을 이룰 수 없었다. 게다가 시어머니와 조카가 나와 한 공간에서 자고 있었 기에 계속 신경이 쓰였다. 잊을 만하면 한 번씩 시어머니가 머리를 들어 올려 조카가 숨을 쉬고 있는지 들여다봤다. 그 와중에 조카는 자다가 소리를 지르거나, 심한 잠꼬대를 하기도 했다.

쓱! 토닥토닥! 으앙!

규칙적인 소리가 반복적으로 들려오자 나는 선잠에서 선잠으로 폴짝폴짝 징검다리를 뛰어 건널 수밖에 없었다. 그렇게 몇 시간을 소리와 사투를 벌이다 보니 짜증이 절로 솟구치기 시작했다.

쓱! 시어머니가 머리를 들어 올렸다.

토닥토닥! 조카의 호흡을 체크하기 위해 두드렸다.

그때, 누군가 냉장고 문을 열었다. 일렁이는 불빛이 단번에 거실을 삼켜버렸다. 선잠에서 또 다시 징검다리를 건너려던 나는 살짝 눈꺼풀을 밀어 올렸다. 시어머니 얼굴에 이내 불빛이 촘촘히 내려 앉았다.

걱정과 안타까움, 미안함, 서글픔이 한 데 뒤섞인 얼굴이 내 눈에 쏙 들어왔다. 그 작은 생명이 행여 떠날까 봐, 그때처럼 숨이 턱 막힐까 봐, 그 생명줄을 꽉 움켜쥔 시어머니 모습을 보자, 안타까움을 넘어선 '연민'이 나를 관통해 지나갔다.

잠시 후, 또다시 규칙적인 소리가 들려왔다.

쓱! 시어머니가 생명을 들여다보는 소리.

토닥토닥! 시어머니가 생명줄을 잡는 소리.

으앙! 그 작은 생명이 꼼지락대는 소리.

소리로만 이해하면, 반쪽밖에 알지 못한다. 나머지 반쪽은 대상을 들여다보고, 그 표정을 읽어야 비로소 채워진다. 우리 아빠와 시어머니 얼굴에 빼곡히 담긴 '구슬픔'도 그렇게 내가 발견한 것이었다.

확신의
긍정 에너지

1979년, 맑은 봄날이었다. 우렁찬 전화 소리가 울리자, 무라카미 하루키의 부인 요코가 전화를 받았다. 상대는 문학잡지 《군조》의 편집자였다. 그는 신인상 최종 후보 5명 중에 하루키가 포함되었다는 소식을 전해주었다. 흥분한 요코가 잠에 빠져 있던 하루키를 흔들어 깨웠다. 전화를 건네받은 하루키는 처음에 《군조》에 작품을 보냈다는 사실조차 잊고 있었다. 그러다 편집자의 말을 듣고 퍼뜩 생각이 났고, 기분이 한없이 들뜨게 되었다. 통화를 마친 그는 얼른 옷을 갈아입고 늘 산책하는 코스로 들어섰다. 일요일 오후, 하늘은 더없이 맑았고, 기쁜 소식 덕분에 그의 마음에도 따뜻한 바람이 불어왔다.

나는 2년 전에 처음으로 동화를 써봤다. 아이에게 줄기차게 읽어준 것이 내공이라면 내공일 테지만, 동화나 글쓰기에 관해서 따로 배운 바가 없는 탓에 백지상태라고 해도 과언이 아니었다. 몇 날 며칠 혼자 머리를 쥐어뜯으며 겨우 겨우 세 편을 완성했다. 그 전에는 그저 완성하기만 하면 행복해서 훨훨 날아가지 않을까 싶었다. 그런데 막상 현실이 되고 보니 높다란 벽과 마주 앉은 듯 답답한 기분만 들었다. 특히 출판사 이메일 주소들을 모아서 투고를 할 때마다 쥐구멍에라도 숨고 싶었다.

'내 원고를 읽고 비웃지 않을까? 아니, 과연 읽어는 줄까?'

매일 출판사 이메일 주소를 모으는 일과 투고하는 일이 반복되었다. 그러는 동안에 나는 두려움과 절망감 사이에서 수없이 흔들렸다.

'이쯤에서 관둘까? 이 길은 내 길이 아닌 것 같은데? 시작했다고 아무에게도 말하지 않았으니, 관둔다고 뭐라고 할 사람도 없을 거야.'

그렇게 어정쩡한 몇 주가 무심히 흘러갔다.

한참 산책을 즐기던 하루키의 눈에 무언가 이색적인 것이 들어왔다. 바닥에 다친 비둘기가 쓰러져 있었다. 가까이 다가가 보니, 비둘기 다리에 끼워진 링이 보였다. 그 비둘기는 누군가가 키우는 일명 '메신저 비둘기'가 틀림없었다. 그는 비둘기를 근처 파출소로 가져가 분실물로 신고하고 서류를 작성했다. 동물을 좋아하는 그로서는 그런 일이 그리 특별하진 않았다. 오히려 당연히 해야 할 일을 하는 듯 자연스럽기만 했다. 그런데 모든 절차가 끝나고 하루키가 파출소를 나설 때였다. 그도 모르게 이런 생각을 했다.

'난 아마도 그 신인상을 타게 되겠지.'

불현듯 떠오른 이 생각 끝에 '묘한 확신'이 따라붙었다. 《군조》 신인상을 받고, 그의 삶이 긍정적으로 달라질 것이라는 확신 말이다. 물론 그의 생각은 모두 현실이 되었다!

대통령 선거 당시, 나는 열렬히 문재인 대통령, 그러니까 당시 후보를 응원했다. 그가 살아온 삶에 관해 알게 될 때마다, 원리원칙주의자의 철저함에 놀랐고, 따뜻한 성정에 또 한 번 놀라곤 했다. 선거 기간 내내 하도 열심히 응원했던 탓에 자연스럽게 내 꿈에도 한번 등장하지 않을까 내심 기대했었다. 하지만 아쉽게도 번번이 기대로만 끝나버렸다.

그러다 2018년 12월, 내가 출판사 투고를 하며 침울한 나날들을 보내던 때, 하루는 아주 특이한 꿈을 꾸었다. 꿈속에서 엄청나게 많은 사람들이 광장에 모여 있었다. 그리고 그들 틈에 나도 끼여 있었다. 나는 주변을 두리번거리며 내가 거기 선 이유를 알아내고자 했다. 그러는 동안에 인파는 점점 더 많아졌고, 나는 이리저리 휩쓸리느라 정신이 없었다. 그런데 갑자기 주변이 조용해졌다. 나는 뒤꿈치를 들어 올려 이리저리 살피기 시작했다. 자세히 보니 사람들이 일제히 한 곳을 응시하고 있었다. 대체 무슨 일인가 싶어 나도 그곳을 맹렬히 쳐다봤다.

그때, 고막이 터질 듯한 함성이 쏟아졌다. 나는 너무 놀라 얼른 귀를 틀어막았다. 사람들이 일제히 소리치고 있었다.

"대통령님! 대통령님!"

순간 가슴이 철렁한 나는 드디어 꿈에서 대통령을 만나 보나 싶어 목을 길게 뺐다. 정말 대통령이 맞았다! 손을 흔드는 모습만 보아도 기분이 좋아 나는 생글생글 웃었다. 그 와중에 악수를 하려고 몰려든 사람들로 대통령 주변이 난리가 났다.

"대통령님! 저요! 저도 왔어요! 여기요! 여기!"

그 순간 나도 모르게 목청껏 소리치며 팡팡 뛰어올랐다. 그때, 놀라운 일이 벌어졌다. 그 수많은 인파를 뚫고, 대통령이 나를 응시하며 걸어오는 게 아닌가. 누군가 대통령과 나 사이에 선을 그려 넣듯 그렇게 일직선으로 내게 다가오고 있었다. 너무 놀라 입을 다물지 못한 채 서있는 내 앞에 대통령이 멈춰 섰다. 나는 활짝 웃으며 배꼽인사를 했다.

"안녕하세요!"

그러자 대통령이 말했다.

"같이 사진 찍을까요?"

그 말에 내 눈이 커다래졌다.

"정말요? 감사합니다."

나는 얼른 휴대폰을 들어 올려 사진을 찍었다. 찰칵!

"감사합니다!"

내가 인사하자마자 대통령이 말했다.

"한 번 더 찍을까요?"

주변에서 자기 차례를 기다리던 사람들이 아쉬운 탄성을 쏟아냈다. 나는 쭈뼛쭈뼛 주변 눈치를 살피곤, 얼른 또 사진을 찍었다.

"한 번 더 찍을까요?"

이번에도 대통령이 손가락 하나를 들어 올리며 말했다. 나는 속으로 '3번이나 찍어도 될까' 갈등했지만 그 귀한 기회를 흘려버리기도 쉽지 않아 얼른 또 사진을 찍었다. 그리곤 내가 꾸뻑 배꼽 인사를 하자, 대통령이 내 어깨를 토닥이고 다른 쪽으로 이동했다.

비록 꿈이었지만, 어찌나 기분이 좋던지 잠에서 깨는 순간에도 내 입에서 키득키득 소리가 연신 터져 나왔다. 그날, 나는 하루 종일 실실 새어 나오는 웃음을 막지 못하고, 급기야 살짝 정신이 이상한 사람처럼 미친 듯이 웃어댔다. 그러다 서둘러 편의점으로 가서 로또를 구입했다. 세상에 나처럼 운이 좋은 사람은 없을 것만 같았다. 대통령이 무려 '세 번'이나 나와 사진을 찍어주다니, 그건 누가 봐도 로또 1등 꿈이 확실했다.

토요일 로또 발표를 초조하게 기다리며, 나는 진지하게 해외 여행지를 선별하고 있었다. 일단 멋진 해변을 바라보며 나머지 돈을 어디에 쓸지 결정할 참이었다.

두둥! 숫자를 맞춰보는데, 뭔가 이상했다. 5천 원어치 로또 중에 맞는 숫자가 한 개도 없었다. 그렇게 나의 해외 여행지가 쓸쓸히 손을 흔들며 멀어져갔다.

나는 다시 의기소침 모드로 출판사 이메일 주소를 모으고, 투고 메일을 보냈다. 애당초 있지도 않았던 돈을 강탈당한 듯, 속에서는 억울함이 끓어올랐다. 그렇게 특별한 꿈이 알고 보니 아무것도 아니었다니! 내 얼굴에서 웃음기가 완전히 사라져버렸다. 우울한 일주일이 흘러갔다. 토요일 점심 무렵, 모르는 번호로 전화가 왔다.

"네, 누구세요?"

"○○출판사 대표, ○○○입니다. 투고해주신 원고를 계약하고 싶어서 연락드렸습니다."

그 소리에 퍼뜩 꿈 생각이 났다. 그리고 생각했다.

'조만간 또 다른 출판사에서도 연락이 오겠구나. 꿈속에서 대통령과 사진을 세 번 찍었으니까! 그리고 어쩌면 내가 이 일을 계속 할 수도 있겠구나.'

하루키가 파출소를 나설 때 가졌던 '묘한 확신'을 나도 엇비슷하게 가지게 되었다. 그리고 일주일 후, 또 다른 출판사에서 연락이 왔고, 원고 2개를 더 계약했다. 그 중 2권이 이미 출간되었고, 나머지 한 권은 곧 출간될 예정이다.

예지몽이나 묘한 확신을 믿지 않는 이들이라면, 그저 우연이라며 콧방귀를 뀔는지 모른다. 하지만 나는 예지몽도 묘한 확신도 믿는 편이다. 그것은 미신이라기보다는 긍정적인 자기 암시에 가깝기 때문이다. 그러니 가능하면 반복적으로 자신에게 긍정적인 메시지를 전달하는 게 어떨까? 만약 현실이 되지 못하더라도, 최소한 긍정적인 에너지는 얻을 수 있을 테니까 말이다.

짐승이 될까
시인이 될까

"내가 생각해도 난 참 한심해!"

지인이 자조적인 말투로 말했다.

"왜 한심해요?"

깜짝 놀란 내가 물었다.

"그냥…… 매일 매일을 참 한심하게 살고 있는 것 같아서…….."

시선을 멀리 던지는 그녀 모습은 흡사 바람에 날리는 '마른 잎'처럼 방향을 잃고 헤매고 있었다.

"언니는 언니 자신을 어떻게 평가하는데요?"

숨구멍이 살짝 막혀 답답하다는 얼굴로 내가 물었다.

"내가 날 어떻게 평가하냐고? 글쎄…….."

순간 훅 불어 온 바람에 그녀의 마른 잎이 멀리 날아갔다.

"언니 스스로가 어떤 사람인 것 같냐구요."

제발 긍정적이고 희망적인 대답을 하라고 채근하듯 내가 그녀의 마른 잎을 단단히 움켜잡았다.

그러자 여전히 어디로 떠밀릴지 몰라 움츠러든 그녀가 어렵게 한 마디 뱉어냈다.

"짐승!"

처음에 나는 잘못 들은 건가 싶어 몸을 그녀 쪽으로 바짝 당겼다.

"뭐라고요?"

"짐승 같다고. 내가!"

성난 바람에 밀려 그녀의 마른 잎이 아까보다 더 멀리 날아갔다.

"왜 짐승 같은데요?"

"매일 아주 기본적인 욕구만 충족하고 사니까. 인간다운 욕구, 그러니까 고차원적인 것들에는 접근하지 못하고 사는 게 틀림없으니까……."

순간 그나마 열려있던 내 숨구멍 위에 커다란 돌이 뚜껑처럼 눌러앉았다.

시인 류시화도 젊은 시절, 나부끼는 삶이 주는 고단함을 온몸으로 느꼈다고 한다.

어느 날, 그는 운 좋게 어느 종교 단체의 공동거주지에 세를 들어 살기 시작했다. 창문으로 들어오는 햇살도, 집 옆에 난 오솔길도 그에게 영감을 주기에 충분했기에 더없이 행복한 나날들이 이어졌다. 그런데 교인들의 눈에 비친 그는 그저 이상한 사람, 혹은 광인에 불과했다.

가만히 생각해보면, 여름에 바바리코트를 입고, 머리를 길게 늘어뜨린 남자가 혼자 중얼중얼 시를 읊는 모습은 어딘가 좀 오싹한 데가 있긴 하다. 특히나 교인들 입장에서는 신성한 종교에 '부정을 타게 하는' 이른바 불온한 존재가 바로 그였을 테다.

불안한 나날들이 이어지다 마침내 교인들의 탄압이 시작되었다. 그를 몰아내지 않고서는 못 견디겠다는 듯, 그들은 단호하고 집요했다. '바바리맨'은 자신의 정당한 권리를 재차 강조했지만, 신성을 모독하는 일에 '권리'라는 온기 없는 단어가 먹혀들 리 없었다.

게다가 바바리맨이 자신을 밝힌 순간, 오해는 더욱 깊어졌다.

"저는 '시인'이에요!"

흥분한 교인들 귀에 '시인'이 제대로 전달되었을까? 신의 보살핌 아래 있던 그들의 귀에 '시인' 대신 '신'이라는 단어가 훅 날아들었다. 그러니 자신을 '신'이라고 밝힌, 혹은 그렇게 말한 것으로 '추정'되는 바바리맨을 향한 탄압이 더욱 거칠어졌음은 불 보듯 뻔하다.

"마귀야, 마귀! 썩 물러가라!"

이 같은 무서운 말들이 가여운 바바리맨의 등을 떠밀었다. 순수한 문학도였던 바바리맨은 어느새 '마귀'라는 아픈 말만 가슴에 품고 그 집에서 쫓겨날 수밖에 없었다.

그래도 아주 불운했던 건 아니었던지, 우연히 만난 후배 소개로 허름한 창고 같은 집에 세를 들게 되었다. 전기 대신 촛불에 의지해

시를 외우고, 산책을 즐기던 바바리맨은 그런대로 잘 적응하는 듯 보였다.

하지만 시련이란 잊을 만하면 우리를 시험에 들게 하지 않는가? 장마에 불어난 물이 허름한 창고를 휩쓸 기세로 위협하기 시작했다. 까만 밤, 쏟아지는 빗줄기와 불어난 검은 빛의 물을 바라보던 바바리맨의 심정은 어땠을까?

"언니! 언니가 스스로를 짐승이라고 규정짓는 순간, 진짜 짐승이 되는 거예요. 스스로를 왜 과소평가하죠? 객관적으로 봐도 언니는 참 괜찮은 사람인데 말이죠."

숨구멍을 막아선 돌을 치우려고 내가 숨 가쁘게 말을 쏟아냈다.

"정말?"

바람이 뚝 멈춰섰다. 그녀의 '마른 잎'도 몸을 띄운 채 가만히 귀를 기울였다.

"그럼요. 이제 스스로를 '객관적으로 괜찮은 사람'으로 규정해 봐요. 그럼 스스로도 인정하는 정말 괜찮은 사람이 될 거예요."

"정말 그럴까? 그래, 그러고 보니 생각을 바꾸는 게 말처럼 쉽지 않다고 하지만, 사실 따지고 보면 그것보다 쉬운 일도 없는 것 같아. 생각만 바꾸어도 삶이 바뀌는 거니까."

바람이 사라진 자리에 햇볕이 쏟아졌다. 그녀의 마른 잎이 포근한 잔디 위에 내려앉았다. 언젠가 거름이 되어 잔디에 스미면, 그녀의 마른 잎도 튼튼한 생명이 되지 않을까?

바바리맨은 그 절망의 순간에 문득 이런 생각을 했단다.

'나는 시인이 아닌가!'

그리고 그 짧은 한 마디, 그 단순한 규정이 그를 완전히 바꾸어 놓았다. 지금껏 그를 괴롭혔던 시련들 모두가 '시'를 위한 소재가 된 순간이었다. 모든 시인들이 촛불 아래서 글을 써 봤을까? 모든 시인들이 장맛비에 떠내려갈지 모를 창고를 걱정해 봤을까? 비가 오면 비에 젖고, 바람이 불면 바람을 맞은 이들이 자신만의 '시어'를 낚아 올려 진짜 시인이 되는 건 아닐까? 바바리맨은 그 순간, 진짜 '시인'이 되었다. 더 이상 도망가지 않고, 순리를 겸허하게 받아들이고, 모든 감각을 동원해 간절히 시를 썼다. 그리고 그는 이렇게 말했다.

"언제 어디서나 나 자신이 시인임을 기억할 때, 모든 예기치 않은 상황들을 마음을 열고 받아들일 수 있었다."

언니의 작은 세상

몇 년 전 어느 날, 작은언니가 내게 전화했다.

"잘 지냈어?"

내가 해맑게 물었다.

"아니…… 기분이 좀 구질구질해."

한숨 섞인 언니 말이 내 귀에 툭 걸렸다.

"왜? 무슨 일인데?"

"그냥 별일 아냐. 다 내 기분 탓이지 뭐……."

언니는 설명하기 귀찮다는 듯 또 한숨을 내쉬었다.

"그러지 말고 말해 봐! 누가 괴롭혀? 내가 가서 혼내줄까?"

장난처럼 내가 목소리를 높였다.

"그런 게 아니라 엄마들끼리 앉아서 이런저런 얘기를 하다가 학교 이야기가 나왔지 뭐야. 난 아무 말도 안 하고 있었지. 근데 한 엄마가 나한테도 묻더라고. '언니는 전공이 뭐예요?' 이렇게."

힘없이 털썩 내려앉았을 언니 어깨가 머릿속에 절로 그려졌다.

"그래서 뭐라고 대답했는데?"

"뭐라긴, '나 대학 안 나왔어' 그랬지."

순간, 나는 무슨 말을 해야 할지 몰라 그저 아랫입술만 씹어댔다.

"뭐 그런 건 얼마든지 괜찮아. 거짓말을 할 수도 없는 노릇이고. 안 그래?"

"그렇지. 그냥 신경 쓰지 마! 요즘 같은 세상에 대학이 뭐라고!"

마지막 '뭐라고!'라는 말이 언니 신경을 건드렸으면 어쩌지, 하는 생각이 잠깐 스쳤다.

"그래. 별 신경 안 써! 근데 말이야. 그 엄마 다음 말이 자꾸 생각나서……."

"뭐라고 했는데?"

"좀 놀라면서 '어머, 정말요? 저는 언니 전문대 나온 줄 알았어요.' 이러는 거야. 별 의미 없이 했던 말이었겠지만, 기분이 영 찜찜하더라고. 전문대'는' 나온 줄 알았다는 말일까? 아님, 대학 안 나온 사람처럼은 안 보인다는 말일까?"

그 상황을 상상하니 나도 모르게 쥐구멍이라도 찾고 싶은 심정이 되고 말았다. 어쩌면 나도 그 엄마처럼 무신경한 질문들을 당연한 듯 뱉고 살았는지 모른다.

내가 아무 말이 없자 언니가 한숨 끝에 한마디를 던졌다.

"이럴 줄 알았음 전문대라도 갈 걸."

우리 4남매 중에 큰언니와 나만 대학에 갔다. 어릴 적부터 오빠와 작은언니는 공부에 별 관심이 없었다. 게다가 본인들도 실업계 고등학교에 진학하는 것이 당연하다고 생각하는 눈치여서, 굳이 공부 이야기를 꺼내지 않는 분위기였다.

그렇게 시간이 흘러 작은언니가 고3이 되었을 때, 하루는 뜬금없는 고민을 털어놓았다.

"친구들은 취업 대신 전문대에 갈 거래. 캠퍼스 생활은 즐겨봐야 하지 않겠냐고……."

별 생각이 없던 나는 뭐가 문제냐는 듯이 무심히 말했다.

"가고 싶으면 언니도 가! 그럼 되잖아."

내 대답이 마음에 들지 않는지, 작은언니는 입을 꾹 닫아버렸다.

그리고 얼마 후 손재주가 좋은 언니는 졸업도 하기 전에 혼수 전문점에 취직해 미싱 일을 시작했다.

한창 내가 대학 생활을 즐기던 어느 날, 작은언니랑 학교 이야기를 하던 중이었다.

눈매에 그늘을 잔뜩 만든 언니가 우울한 목소리로 말했다.

"내 친구들 대학 다니는 거 보면 참 부러웠는데……."

나는 괜한 이야기를 꺼냈나 싶어 언니 눈치를 살폈다.

"그러게. 그때 친구들 따라 전문대에 갔어야지. 왜 안 간 거야?"

답답하다는 듯이 내가 말하자, 언니 눈매가 아예 어둠 속으로 잠겨버렸다.

"넌 모르지?"

언니가 툭 말했다.

뭘 모른다는 건지 가늠할 수 없어 내가 눈을 크게 떴다.

"그때 내가 대학 가고 싶다고 말하니까 엄마가 그러더라. 딱 입학금만 내주겠다고. 나머지는 내가 다 알아서 하라고!"

"뭐라고? 정말? 큰언니는 다 대줬잖아!"

작은언니의 억울함이 내 속에서 펑 터져 나왔다.

그제야 나는 깨달았다. 그 옛날, '가고 싶으면 언니도 가! 그럼 되잖아!'라고 무신경하게 내뱉은 내 말이 얼마나 상처가 되었는지. 나는 그저 '선택'의 문제라고 생각했었는데, 언니 손에 쥐어진 선택이란 애당초 없었던 거였다.

나는 걸핏하면 언니가 일하던 혼수 전문점 옆에 있는 패스트푸드점에서 언니를 기다리곤 했다. 하루 종일 아줌마들 틈에서 미싱을 돌리다 지친 줄도 모르고, 언니에게 딱 달라붙어 맛있는 간식을 사달라고 졸랐었다. 매번 제비새끼처럼 언니에게 입을 벌리면, 언니는 얄미워죽겠다는 듯 나를 째려보다 결국엔 큼지막한 간식을 내 입에 밀어 넣어주곤 했다. 그럼 나는 특유의 능청스러움으로 '다음에 또 사줘!'라고 웃으며 말했었다.

이 글을 쓰며 생전 처음으로 작은언니의 시선으로 언니 인생을 들여다보았다. 그러다 나도 모르게 울컥해서 울음을 터트리고 말았다.

영원히 끝날 것 같지 않던 언니의 '작은 세상'에서 언니는 무슨 생각을 했을까? 엄마도 아빠도, 형제들도 다 미웠을까?

미팅을 한다며 깔깔대던 친구들을 볼 때마다 가슴에 돌무덤이 생기진 않았을까? 남의 속도 모르고 간식타령을 해대던 동생이 부담스럽진 않았을까?

바로 옆에 있었지만, 나는 단 한 번도 그 작은 세상을 들여다보지도, 그 기분을 헤아려 보려 노력하지도 않았다. 그저 내 몫의 억울함에 매몰되어 살기 바빴던 탓이었다.

부디 언니의 '작은 세상'이 이제 제법 너른 세상이 되었기를, 그리고 그 속에서 억울함을 훌훌 털어버렸기를 간절히 바라본다.

원숭이를
만났을 때

책 《지구별 여행자》에 원숭이와 골프에 관한 재미있는 이야기가 나온다. 인도가 영국의 식민지였을 때, 영국인들은 골프를 즐기기 위해 캘커타에 골프장을 하나 만들었다. 그런데 신나게 골프를 즐기던 영국인들의 흥을 앗아가는 유일한 방해꾼이 있었다. 바로 원숭이들!

공이 필드에 떨어지면, 원숭이들이 쏜살같이 달려가 집어가서는 다른 곳에 내려놓는 것이 아닌가. 그러니 경기는 매번 지연되다가 처음부터 다시 시작되곤 했다. 이런 상황이 반복되자 영국인들은 격분했고, 골프장의 담장을 높이 쌓아 올리게 되었다. 하지만 담장을 가볍게 타 넘는 원숭이들에게 두 배로 높아진 담장은 그리 큰 문제가 아니었다. 아니 오히려 영국인들을 더 놀려주려는 듯 보다 맹렬히 골프공을 집어가기 시작했다. 과연 이런 상황에서 영국인들은 어떤 결단을 내렸을까?

내가 필리핀 하숙집에 머물렀을 때, 하숙집 주인이 깨끗한 아파트로 이사를 간다며 함께 가자고 제안했다. 조건이 좋았던 탓에 나는 기꺼이 따라가기로 결정했다. 그렇게 시작된 아파트 생활은 모든 것이 만족스러운 듯했다. 하지만 얼마 후에 문제가 발견되었다.

유일한 여자 하숙생이었던 나는, 시간이 갈수록 주인집의 딸과 방을 같이 써야 하는지 조금 애매한 기분이 들었다. 특별히 함께 쓰지 못할 이유는 없었지만, 그렇다고 좁은 방을 나눠쓰기도 어딘가 불편한 구석이 있었다.

이런 내 마음을 알아챘는지 주인집 딸은 군소리 없이 늘 부모님 방에서 생활했다. 그래서 나는 방에 관한 문제가 말끔히 해결되었다고 굳게 믿었다.

시간이 한참 흐른 어느 날, 다른 하숙생들과 집주인이 맥주를 한 잔 마시자고 하기에 따라나섰다. 이런저런 이야기들이 오가다 하숙집 주인이 날 쏘아 보며 말했다.

"너는 왜 우리 딸에게 좋은 언니가 되어주지 못하는 거니?"

무방비 상태에서 급습을 당한 듯, 나는 어안이 벙벙해지고 말았다.

"네? 그게 무슨 말씀이세요?"

눈매를 늘리며 내가 물었다.

"함께 방을 쓰자고 네가 먼저 말해본 적 있어? 언니가 되었으면 동생을 살갑게 챙겨야지. 나는 네가 좋은 언니가 되어줄 것 같아서 이사도 같이 오자고 한 거였는데 말이야. 정말 실망스럽다."

마치 오랫동안 불만을 묵혀오다 이때다 싶어 터트리는 듯 내게 신나게 퍼부어댔다. 그렇게 치면 내 입장에서도 할 말이 전혀 없었던 것은 아니었다.

나는 정당하게 하숙비를 내고 있었고, 하숙집 주인을 도울 일이 있으면 군말 없이 도왔다. 물론 여러모로 나를 챙겨주는 정성에 감사했고, 나를 비롯한 하숙생들을 위해 밤마다 기도해주는 마음 또한 모르는 바 아니었다. 다만 정성과 이 문제를 결부시킬 줄은 상상도 못했기에 뒤통수가 얼얼해질 만큼 억울한 마음이 부풀어 올랐다.

"죄송해요. 제가 살가운 성격이 아니라서 그랬나봐요⋯⋯."

목구멍까지 차오르는 화를 누르고, 변명하듯 내가 말했다.

"하여튼 실망이야!"

더 듣고 싶지 않다는 듯 하숙집 주인이 고개를 휙 돌렸다. 더 변명을 늘어놓아봤자 돌아오는 말이 곱지 않을 거라 예상한 나는 입을 꾹 닫아버렸다. 그래도 마음 한 구석에는 이런 믿음이 있었다.

'그간 쌓아온 정이 있으니 앞으로 충분히 만회할 수 있겠지.'

그런데 다음 날이 되자, 얼얼했던 뒤통수가 그야말로 만신창이가 되고 말았다.

"안녕히 주무셨어요?"

내가 인사하자, 그녀가 안 들린다는 듯 나를 스쳐 지나갔다. 멍하니 서 있던 나는 사태 파악이 되지 않아 눈만 끔뻑이고 있었다.

나는 애써 마음을 추스르고 돌아섰다. 저녁이 되자 다른 하숙생 두 명도 나와 같은 불만을 쏟아냈다.

"어쩜 인사도 안 받으시지? 그게 그렇게 화날 일이었나?"

"완전 투명인간 취급이시잖아!"

그렇게 우리는 그 집에서 '투명인간'이 되었다. 밤마다 머리를 맞대고 무엇이 문제인지 파악하려 노력했지만, 늘 결론 없이 한숨만 쉬다 흩어지는 날들이 이어졌다.

골프장의 담을 두 배로 높여도 공을 가져가는 원숭이들을 보고 있는 기분이 딱 이렇지 않았을까? 이러지도 저러지도 못한 채, 그저 방해꾼이 신경을 긁어대는 걸 구경하는 기분! 공이 어디로 날아갈지 모르고, 원숭이가 공을 어디로 가져갈지도 모르는 불안한 시간이 무심히 흘러갔다.

결국 영국인들은 새로운 규칙을 만들었다. '원숭이가 공을 가져간 바로 그 자리에서 경기를 진행하는 것!' 멋지게 날아간 공을 낚아채는 원숭이들과, 애써 홀컵에 공을 넣어주는 원숭이들을 탓하지 말고, 그저 그 모든 상황을 받아들이는 것이 규칙의 핵심이었다.

이와 마찬가지로 나와 하숙생들도 새로운 규칙을 만들었다. 일단 대화를 거부하고 투명인간 취급하는 하숙집 주인에 대한 원망을 멈추는 것! 그리고 새로운 하숙집을 찾아보는 것! 결국 한 보름 만에 우린 다른 하숙집을 찾아 이동했다.

물론 보름간은 불편한 분위기를 견뎌내느라 몸과 마음이 피폐해졌던 것이 사실이다. 인간적인 배신감은 물론이고, 밤마다 울려 퍼지는 하숙집 주인의 기도 소리에서도 진실함을 찾기 힘들었다. 투명인간과 기도 사이의 간극이 너무도 컸던 탓이었다.

누구나 살아가다 보면 불쑥불쑥 나타나는 '원숭이들'을 만나게 된다. 사소한 행운은 물론, 커다란 불행까지 다양한 얼굴을 한 원숭이들과 만날 때마다 우리는 습관처럼 원숭이들을 원망하기 바쁘다.

하지만 어차피 삶은 계속되고, 우리를 기다리는 또 다른 원숭이들도 무수히 많을 것이다. 그러니 원숭이가 골프공을 옮겼다면, 원망을 멈추고, 그냥 그 자리에서 게임을 진행하면 된다. 어차피 공을 옮기는 원숭이들까지 모두 포함한 것이 우리 인생이니까 말이다!

뱅뱅 돌다
멈춰 서보기

작은언니가 도서대여점을 할 때의 일이다.

"내일 아침 7시입니다."

남자의 목소리가 수화기에서 흘러나왔다.

"이번엔 좀 괜찮은가요?"

기대에 찬 눈빛으로 작은언니가 물었다.

"네, 웬만한 건 다 있습니다."

선심 쓰듯 남자가 대답했다.

"다행이네요. 그럼 내일 뵐게요."

남자가 전한 소식에 들뜬 얼굴로 작은언니가 고개를 끄덕였다.

다음 날, 이른 아침에 나는 언니를 따라 보수동 책방 골목으로 갔다. 폐업한 도서 대여점에서 한꺼번에 책을 사 온 사장이 대여점 주인들을 기다리고 있었다. 운이 좋으면 최신 만화책과 소설책을 구할 수 있었기에, 너도 나도 행운을 얻고자 모여든 참이었다.

작은언니는 특유의 열성 덕에 다른 대여점 주인들과 안면을 튼 지 꽤 된 것 같았다.

"잘 지내셨어요? 요즘 장사 잘 되세요?"

그들의 형식적이지만 피해갈 수 없는 인사말들이 분주히 오고 갔다.

"자! 창고로 들어오십시오!"

그때 책방 사장이 소리쳤다. 출발신호라도 들은 듯 주인들이 일제히 뛰기 시작했다. 어느새 달리기 선두 그룹에 선 언니가 보였다. 나를 데려온 걸 까맣게 잊은 듯 전속력으로 달려가고 있었다.

"같이 가!"

내 목소리는 발소리에 보기 좋게 묻히고 말았다. 나는 후발 주자들 사이에서 이리저리 치이느라 우스꽝스럽게 버둥거리고 있었다. 연신 몸이 기우뚱하면서도 야속한 언니를 찾으러 뛰어갔다.

창고에 들어서자 어마어마하게 쌓인 책들이 눈에 들어왔다. 내가 넋을 놓고 둘러보는 사이, 사냥감을 찾는 하이에나들처럼 대여점 주인들이 책무더기를 향해 달려들었다.

"너, 여기 서 있다가 내가 주는 책 지켜. 알겠지? 손에서 놓치기라도 하면 큰일 나. 그러니까 정신 똑바로 차려야 해!"

날 발견한 언니가 단단히 일렀다.

먹이를 찾는 '하이에나'보다는 '보초병'이 낫겠다 싶어 나는 고개를 크게 끄덕였다.

"으하하하하, 최신간인데 이게 있네?"

그때 질 좋은 고기를 찾은 하이에나가 만화책 한 권을 들어 올리며 키득거렸다.

그 소리를 들은 다른 하이에나들의 손놀림이 분주해졌다.

"사장님! 이번에 특A급인데요? 다음에도 꼭 불러주세요!"

신간을 두 손 가득 움켜쥔 하이에나가 책방 사장에게 말했다. 그들은 하나같이 신간이 많아 횡재했다고 말했지만, 나는 왠지 좀 우울한 기분이 들었다.

"자! 이거 들고 있어!"

그 사이 신간 몇 권을 찾은 언니가 내게 책을 건네고는 급하게 뛰어갔다. 나는 신간을 아기 안 듯 꼭 끌어안았다. 그리곤 '하이에나들'을 신기한 눈으로 계속 구경했다.

잠시 후, 언니가 내가 선 자리로 돌아왔다. 그리곤 나를 보고 흠칫 놀랐다.

"나도 모르게 자꾸 같은 자리를 돌고 있나 봐."

다시 언니는 바닥의 책만 보며 일직선으로 걸어갔다. 하지만 한 2미터 정도 걸어가선 몸이 여지없이 옆으로 쏠리고 있었다. 마치 같은 자리를 맴돌기로 작정이라도 한 사람처럼, 그렇게 반복하는 언니를 보니 나도 모르게 피식 웃음이 나왔다.

"자꾸 돌지만 말고, 똑바로 걸어가!"

다른 하이에나들에 비해 확연히 수확이 적은 언니가 답답해 보여 내가 소리쳤다.

옆에 선 하이에나 몇 명이 의기양양하게 손을 터는 게 보였다.

"사장님! 여기 계산해주세요."

달랑 신간 몇 권을 끌어안은 내가 볼을 늘리며 언니에게 뛰어갔다.

"뱅글뱅글 돌지만 말고, 저쪽으로 좀 가! 왜 자꾸 돌아!"

그제야 바닥에서 시선을 끌어 올린 언니가 자기 위치를 확인했다. 이번에도 커다란 원을 그리고 제자리로 돌아와 있었다. 순간 언니도 나도 어이가 없어서 풋, 하고 웃어버렸다.

알프스에서 13일 만에 구조된 사람의 이야기를 들은 적이 있다. 그는 산을 내려오기 위해 매일 12시간씩 걸었다고 한다. 그런데 13일 만에 그가 구조된 곳은, 그가 길을 잃은 곳에서 불과 6km 떨어진 곳이었다. 결국 그는 제자리만 뱅뱅 돈 셈인데, 그 이유는 무엇일까?

심리학에 '윤형방황'이라는 개념이 있다. 사람의 눈을 가린 채로, 혹은 사막처럼 사방이 똑같아 보이는 곳을 걸으면 직선으로 나아가지 못하고 제자리로 돌아온다는 것을 뜻한다. 바닥에 책만 깔린 공간에서 뱅뱅 돌았던 우리 언니처럼 말이다.

그런데 이는 비단 물리적인 이동에만 국한된 이야기가 아니다. 매일 열심히 생활하다가 어느 순간, 우리도 제자리로 돌아온 것 같은 기분을 느끼지 않는가.

나도 가끔 윤형방황을 경험한다. 매일의 루틴(routine)을 지속하다 어느 날, 정신을 차리고 보면 제자리걸음일 때가 많다. 그때마다 아예 발전이 없는 것 같은 절망감을 느끼곤 한다. 그래서 나는 중간중간 멈춰서 나의 루틴을 관찰하는 시간을 갖는다. 그럼 맹목적으로 달리던 습관에서 조금 벗어나 '의식적인 노력'을 기울일 수 있게 된다.

마르셀 프루스트의 말은 이러한 나의 노력에 큰 힘을 준다.

"진정한 여행이란 새로운 땅을 찾는 것이 아니라, 새로운 눈을 찾는 것이다."

우리 인생도 여행이다. 유익한 인생이란 더 많은 땅을 소유하는 것이 아니라, 기존의 것을 새롭게 보는 눈을 갖는 것이 아닐까? 그러니 만약 당신도 모르게 '새로운 땅' 찾기에만 몰입해 있다면, 이제라도 멈춰 서서 '새로운 눈' 찾기를 해보면 어떨까?

가까운 이와
거리 두기

"우리가 읽는 책이 우리 머리를 주먹으로 한 대 쳐서 우리를 잠
에서 깨우지 않는다면, 도대체 왜 우리가 그 책을 읽는 거지?
책이란 무릇 우리 안에 있는 꽁꽁 얼어버린 바다를 깨뜨려버리
는 도끼가 아니면 안 되는 거야."   -카프카-

　책이 '도끼'여야 한다는 사실은 알고 있지만, 실상 내 언 바다를
깨뜨릴 도끼를 찾는 일은 그리 쉽지 않다. 그럼에도 불구하고 나는
매일 책을 읽으며 간절히 도끼 한 자루를 찾고 또 찾는다. 허탕을 치
는 날들이 이어지다 운 좋게 도끼를 발견한 날이면, 가슴이 설레어
혼자 읊조리곤 한다.
　"그래! 이 맛에 읽는 거지!"
　며칠 전, 정여울 작가의 《그때, 나에게 미처 하지 못한 말》을 읽다
가 도끼 한 자루를 발견했다.

어느 날, 스님을 만난 저자가 물었다.

"스님, 요즘처럼 각박한 세상을 살아가면서 좋은 인간관계를 맺는 게 참 힘든 것 같아요. 스님은 인간관계를 어떻게 맺으세요?"

이 질문에 맞는 근사한 답들은 이미 우리 귀에, 마음에 차고도 넘친다. '마음을 내려놓으세요'라든지, '살아있는 모든 것들을 측은하게 여기세요' 등의 말들 말이다.

그런데 스님의 대답은 우리 안에 들어찬 대답들을 보란 듯이 지나쳐갔다.

"친한 사람을 멀리하고, 어렵고 불편하고 친하지 않은 사람을 가까이해요."

나로서는 전혀 이해가 되지 않는, 그야말로 상식을 뒤집는 대답이었다. 불편한 사람을 어떻게 가까이한단 말일까? 게다가 친한 사람을 멀리하라니! 정여울 작가도 나처럼 이해가 되지 않아 투정을 부렸던 모양이다. 그랬더니 스님이 이런 말을 덧붙였다.

"싫어하는 사람을 가까이하는 것은 의외로 쉬워요. 가까운 사람을 멀리하는 게 훨씬 더 어렵거든요. 보고 싶은 사람을 못 보는 게 훨씬 어렵기 때문에 싫어하는 사람을 가까이하는 것은 오히려 쉽게 느껴져요."

그제야 나도 고개를 끄덕였다. 우리는 친한 사람, 소중한 사람을 물리적, 심리적으로 내 곁에 바짝 붙여두려 한다. 그 사람이 아프면 나도 아프고, 그 사람이 슬프면 나도 슬픈 사람들인 경우엔 아예 나와 포개어 앉혀두려 하지 않는가?

며칠 전, 우리 아이가 신기하다는 듯 물었다.

"엄마! 몇 년 전에 엄마가 얼마나 뾰족하고 날카로웠는지 기억해?"

아이 얼굴이 하도 진지해서 나는 멋쩍게 웃어버렸다.

"에이, 그럴 리가. 엄마가 언제 날카로웠다고 그래?"

"내가 조금만 실수해도 짜증을 내고, 내가 소심하게 굴 때마다 인상을 썼잖아."

생각만 해도 억울한지 아이 볼이 불룩해졌다.

"정말? 내가 그런 적이 있었던가?"

"그런데 참 이상해! 이제 엄마가 짜증을 안 내. 내가 실수해도, 소심하게 굴어도 그냥 귀엽다고만 해. 도대체 왜 그런 거야?"

순간 아이의 추궁에 복잡한 기분이 들었다. 내가 그렇게 부족한 엄마였나 자책했다가, 지금은 달라졌다는 말에 안심이 되기도 했다. 하지만 내 속을 샅샅이 뒤져도 꽁꽁 숨어버린 '진짜 이유'는 모습을 드러내지 않았다.

그러다 우연히 스님의 말씀 덕분에 이유를 깨달았다.

어느 순간부터 나는 의식적으로 가족과 심리적 거리감을 두기 시작했다. 그들을 배척하고 밀어내겠다는 무정한 의도가 아니라, 각자의 건실한 '자기 세계'를 구축하기 위함이었다.

엄마들이 우스갯소리로 하는 말 중에 자신의 아이를 '옆집 아이'로, 남편을 '옆집 남편'으로 생각하라는 말이 있다. 곰곰이 생각해보면, 이보다 현명한 태도는 없는 듯싶다.

가령, 우리 아이가 학교에서 80점을 받아오면, 20점이 모자란 점수인 반면, 옆집 아이의 80점은 기특한 점수처럼 보인다. 또한 우리 아이의 100점은 노력의 당연한 결과쯤으로 여기지만, 옆집 아이의 100점은 '신동 탄생'의 신호탄처럼 느껴진다.

남편은 또 어떤가? 10번 중 9번 남편이 쓰레기를 버렸다면, 건너뛴 1번을 추궁하게 되지만, 오랜만에 본 옆집 남편 손에 쓰레기봉투가 들려있으면, 그야말로 이상적인 '최고 남편'처럼 보이지 않는가?

나의 심리적 거리감 두기도 이와 비슷한 맥락이었다. 아이가 학교에서 있었던 일로 속상해 하면 위로는 해주되 그 감정을 내가 떠안지는 않았다. 그 덕분에 나는 아이 걱정에 잠을 설치지도, 아이 대신 선택을 하지도 않게 되었다.

멀찍이 떨어져서 보면 아이도 남편도 성실하게 자기 삶을 살아가는 사람들이다. 그리고 나 자신도 멀리서 바라보면 꽤 괜찮은 사람이다. 그런데도 내가 나 자신과 심리적 거리감 없이 바짝 붙어 있을 때는 스스로를 채근하느라 분주하기만 했다. 내가 내 등을 떠밀어

미션을 수행하게 했고, 결과가 만족스럽지 않으면 비난도 서슴지
않았다.

　다행히 나는 이제 나를 몰아붙이지 않는다. 가까운 사이일수록
멀리서 지켜보는 '안전거리'가 필요하다는 걸 알기 때문이다. 그래
서 나는 평생 나 자신은 물론, 내 아이와 남편에게도 '안전거리'를 유
지하며 그들과 사이좋게 살고 싶다.

　'친한 사람을 멀리하라'는 스님의 말씀이 내게는 귀한 '도끼'였다.
그 도끼로 꽁꽁 언 내 바다를 힘차게 내리친 순간, 사방으로 뻗어나
간 균열들이 내 속에 유익한 틈을 만들어냈다. 오늘도 나는 도끼 한
자루의 행운을 상상하며 가슴 설렐 준비를 한다!

내 상처가
보입니다

"왜 이렇게 늦었어!"

내가 심통 맞게 소리쳤다.

"버스가 좀 늦어서 어쩔 수 없었어."

친구가 배시시 웃으며 대답했다.

"늦었으면 날 보자마자 달려와야지, 왜 느릿느릿 걸어온 거야!"

"그야 네가 보이니까 굳이 뛸 필요까진 없겠다 싶어서 그랬지. 넌 뭐 그런 걸로 화를 내?"

친구가 어이없다는 듯 툭 말했다.

"상식적으로 생각해 봐. 약속을 했으면 지켜야 할 거 아냐! 너 늦은 게 어디 한두 번이야? 이런 식으로 계속 늦으면 너랑 앞으로 약속이나 할 수 있겠어?"

내가 쏘아붙였다.

"뭘 그렇게 예민하게 굴어! 그럼 너도 담에 늦게 와!"

친구의 말에 더 화가 난 나는 케케묵은 지난 이야기까지 다 끄집어내며 따져댔다. 이런 약속의 문제뿐만 아니라 내가 참을 수 없던 게 한 가지 더 있다.

호감을 가지고 있다가도 상대방이 권위적인 모습을 보이면, 나는 애써 거리를 두려 했다. 그간 보여준 배려나 친절이 아무리 감동적이어도 권위적인 말 앞에서는 힘없이 무너져 버렸다. 그럴 경우 상대방은 권위적인 태도에 대한 나의 반감은 눈치 채지 못하고, 그저 이해할 수 없다는 말만 되풀이했다. 그럼 나는 기다렸다는 듯이 일반적이고 보편적인 시각에서 권위적인 언행을 비난하곤 했다. 사실은 나 개인이 견딜 수 없는 대목임에도, 그렇게 일반적인 상식쯤으로 우겨대면 비난이 일견 타당해 보였기 때문이다.

하지만 내 마음 깊은 곳에서는 이미 알고 있었다. '약속을 어기는 것'과 '권위적인 언행'에 대한 반감은 내가 가진 심리적 어려움 때문이라는 것을.

발달심리학에 '특수한 유발자극'이라는 개념이 있다. 이는 유독 특정한 것에만 반응하는 것을 의미한다. 예를 들어 아기 동물이 어미의 고함 소리를 들으면 바로 은신처로 달려가는 것과 같다. 이때 어미의 소리 이외에는 반응을 하지 않는 것이 특징이라고 한다.

그런데 이렇게 일정한 패턴이 고착화되는 것은 인간도 마찬가지다. 어떤 결정적인 시기를 지나면서 누구나 자신만 반응하는 특정

대상이나 상황이 생기기 때문이다.

누군가는 칭찬을 들으면 의심하거나 불안해진다. 누군가는 연애를 시작하면 불안과 집착을 하게 되고, 누군가는 잔소리를 들으면 스트레스가 극에 달한다. 또 누군가는 자신에게 호감을 표시하는 사람이 나타나면 움츠러든다. 권위적인 사람 앞에서 반박하지 못하는 사람, 고함 소리에 심장이 벌렁대는 사람, 누군가와 관계가 끊어지면 스스로가 버려졌다고 생각하는 사람 등등 개인마다 각기 다른 유발자극을 갖고 있는 것이다.

나는 앞서 말한 바와 같이 '약속을 지키지 않는 사람'과 '권위적인 사람'을 견디지 못했다. 그저 싫다는 정도가 아니라, 일종의 분노감으로 발전하는 것을 보고, 어느 순간부터 곰곰이 내 속을 들여다보게 되었다.

그랬더니 어린 시절 동동거리던 내 모습이 생각났다. 나는 부모님과 헤어지기 싫어 늘 다시 만날 날짜를 묻곤 했다. 그때마다 부모님은 대충 요일이나 날짜를 말하곤 잊어버렸다. 약속은 번번이 지켜지지 않았고, 나 혼자 속앓이를 한다는 걸 아는 사람은 아무도 없었다. 그래서 나는 커가면서 약속을 지키지 않는 사람을 부모님과 동일시했던 것 같다.

누군가 약속에 늦게 오면 나도 모르게 이런 생각이 들었다.

'내 이럴 줄 알았어. 또 약속을 어기는군.'

특별한 사정이 생겼다며 사과하는데도 그런 말들은 귀에 잘 들어오지 않았다. 그저 '틀어진 약속'을 단단히 부여잡고 있는 나만 보일 뿐이었다.

또한 내 속의 권위적인 사람은 바로 우리 아빠였다. 사력을 다해 가장 노릇을 했지만, 정작 '좋은' 아버지, '좋은' 남편이 되는 것에는 무심했던 분이었다. 자식들의 말에 귀 기울이기보다는 늘 대립했고, 마지막 순간에는 매번 권위를 휘두르곤 했다. 그래서 성인이 되기 전에 나는 아빠에게 대들어 본 적이 없다. 대들었다간 무시무시한 권위에 떨어져 나갈 거란 막연한 두려움이 있었기 때문이다. 그러다가 권위적인 사람을 만나면, 혹은 누군가의 권위적인 모습을 목격하면, 그 앞에서도 마음이 한껏 쪼그라들곤 했다.

그런데 성인이 된 후에, 해결되지 못한 나의 유발자극이 화로 터져 나오기 시작했다. 책임을 다하지 않고 권위만 휘두른 사람에 대해 응징이라도 하겠다는 듯, 나는 그렇게 권위적인 사람들에게 몇 번이나 대들며 화를 토해냈다. 그러니까 내게 있어 최악의 조합은 '약속을 지키지 않는 권위적인 사람'이었다.

하지만 내가 나를 이해하게 되면서 그들에 대한 반감도 사라졌다. 매번 약속 시간에 늦는 사람과 만나는 날엔 일부러 책을 챙겨갔고, 책을 읽고 있으면 언젠가는 오겠지라고 생각하고 말았다. 왜 늦었냐고 추궁하기도 전에 상대가 구구절절 변명과 사과를 늘어놓기에 나는 그냥 가볍게 흘려버리기만 하면 된다는 것도 깨달았다. 결국 이 모두가 약속을 어긴 대상이 그 옛날 지키지도 못할 약속을 하던 내 부모님이 아니라는 사실을 이해했기 때문에 가능해진 것이다.

그리고 권위적인 사람들을 관찰해보니 그들 대부분은 권위적인 '가면'을 쓰고 있지만, 실상은 내면이 불안하고 약한 사람들이었다. 편안하고 자연스럽게 행동하고 싶지만, 자신의 약한 모습을 들키지 않으려고 권위적인 행동을 이어가는지도 모른다. 또한 그들의 권위적인 행동은 실상 그들 개인의 문제일 뿐이다. 그러니 내가 판단하고 배척할 이유가 없다. 내 무의식 속에 존재하는 권위적인 아빠의 모습을 그들에게 투영할 필요가 없다는 뜻이다.

요즘은 그런 사람들을 보면 그저 나처럼 심리적인 어려움을 겪고 있구나, 하는 측은함도 생긴다. 물 흐르듯이 자연스럽게 살면 좋을 텐데, 그게 마음처럼 쉽지 않으니 그들 스스로는 얼마나 답답할까? 우리는 모두 '특수한 유발자극'을 가진 사람들이다.

그러니 자신만 반응하는 자극을 찾아보는 게 어떨까? 그럼 자신이 가진 상처가 보일 것이다. 그 상처가 계속 쓰리고 아프지 않도록 약을 발라줄 사람도 바로 우리 자신이란 걸 잊지 말았으면 좋겠다!

3절이
시작되면

어제 뜬금없이 택배가 도착했다. 아빠가 보낸 쌀과 밤이었다. 나는 얼른 전화기를 들었다.

"아빠, 택배 보냈네요?"

"그래! 잘 도착했나 보네?"

마치 서프라이즈 선물을 보내놓고 상대의 반응을 내내 기다린 사람처럼 아빠 목소리에는 으쓱함이 묻어났다.

"쌀은 햅쌀이에요?"

"아니, 찹쌀이야. 햅쌀은 지금 작업 중이지."

"작업 끝나면 저도 보내주세요!"

채무자에게 빚을 독촉하듯 다소 뻔뻔스런 목소리로 내가 말했다. 아빠는 그 당돌함이 우스운지 연신 껄껄 소리를 냈다.

"그럼 이만 끊으마. 크하하하."

아빠의 웃음소리가 귓가에서 사라질 때쯤 전날 읽었던 장석주 시인의 아버지에 관한 글이 떠올랐다.

그 시절 대부분의 아버지들이 그러했듯이 시인의 아버지 또한 자식 눈에는 한없이 무능하고 권위적이었다. 예술고등학교에 진학해 화가가 되고 싶었던 아들의 뜻은 아버지의 단호함 앞에서 보기 좋게 꺾여버렸다. 아들은 할 수 없이 적성에 맞지 않는 상업 고등학교에 진학하게 되었고, 고통과 방황의 시간을 보내다 2학년 때 학교를 관두고 말았다. 그 후, 내면으로의 침잠을 위해, 그리고 도피처로써 숨어든 곳은 다름 아닌 도서관이었다. 닥치는 대로 책을 읽고 또 읽으면서도 아들은 끝끝내 아버지를 용서할 수는 없었단다. 그의 시 〈장화를 신은 문장〉에 이런 대목이 나온다.

아버지는 내가 쓴 환멸의 문장

아버지에 대한 원망이 얼마나 깊었으면, 아버지를 일컬어 '환멸의 문장'이라고 할 수 있을까?

세월이 흘러 시인도 아버지가 되었다. 나름 최선을 다했지만, 늘 부족한 아버지란 생각을 떨칠 순 없었다. 그러다 '그 옛날 우리 아버지도 이랬겠구나' 하는 이해의 순간들이 오더란다. 가족들에게 최선을 다하고도, 늘 채무자 같은 위치에 있는 '아버지'의 역할이 그리 녹록치만은 않다는 걸 뒤늦게 깨달은 것이다. 아버지를 회상하며 그가 말했다.

"아버지가 마시는 술에는 눈물이 절반."

술을 마시며 울던 아버지는 '아버지'라는 무게감에 짓눌려 그렇게 울었던가 보다.

아주 어릴 적, 나는 우리 아빠가 술을 마시고 우는 소리가 세상에서 제일 싫었다. 주저리주저리 끝도 없는 레퍼토리가 순서대로 등장할 때면, 세상이 통째로 사라져버리는 상상을 하기도 했었다. 1절이 시작되면 나는 이불을 머리끝까지 당겨 아빠와 나 둘 중 누구라도 빨리 잠들길 기도했다. 옆에 누운 언니들은 그저 '또 시작이군' 하는 콧소리를 내며 몸을 뒤척일 뿐이었다. 그러다 몇 분이 흐르면 언니들만 잠이 들어버리고, 깜깜한 우주에 나만 덩그러니 남겨진 것 같았다. 잠시 후 설핏 잠이 들려는 순간, 아빠의 쓸쓸한 주절거림이 여지없이 날아들어 내 잠을 쫓아버렸다. 2절 원양어선에 이르면, 내 입에서 씩씩거리는 소리가 새어 나왔다.

"제발 3절에는 닿지 마! 제발!"

나는 어떻게든 3절을 멀리 멀리 던져버리고 싶었다. 아빠가 영원히 찾을 수 없는 곳으로.

몇 년 전, 한 백일장에 참가했을 때, 나는 아빠에 관한 이야기를 풀어 놓았다. 그런데 이야기가 빠르게 흘러가자 갑자기 마음이 조급해지고 말았다.

'3절은 안 돼! 그래, 틀림없이 중간에서 다른 이야기로 이어갈 수

있을 거야.'

이야기가 새 길을 내며 맹렬히 반환점을 돌았을 때, 나는 직감적으로 알아챘다.

'결국 3절로 가겠군. 지긋지긋한 기억을 소환하고야 말겠군.'

그렇게 내 기억 속 3절이 시작되었다.

"베트남 밀림에서 내가 얼마나 처절했는지 알아? 총을 든 두 손이 이렇게 덜덜덜 떨렸었다고. 어디 그뿐이야? 적의 총부리가 나를 향하던 순간에는……."

나는 연필을 내려놓았다. 그리고 눈을 감았다. 숨이 가빠 오자, 밀림의 끈적함이 나를 에워싼 듯 가슴이 답답해졌다. 그러다 갑자기 눈물이 터져 나왔다. 마치 내가 밀림 속에서 총을 들고 선 듯, 손바닥에 식은땀도 흥건히 배어 나왔다. 무거운 추를 매달고 자꾸만 아래로 떨어지는 기억으로부터 벗어나긴 글렀다는 걸 그쯤에서 깔끔히 인정해야만 했다.

나는 그제야 어렴풋이 이해할 수 있었다. 왜 클라이맥스인 3절에서 아빠가 매번 가슴을 치며 통곡했는지를. 가슴에 묻어 둔 절망들을 그렇게 토해내지 않고선 도저히 살 수가 없어서였나 보다. 그리고 그 기억은 술기운이 따라붙으면 잔인하게 선명해져 아빠를 다시 밀림으로 몰아넣었던 거였다.

밀림에서 총을 들고 덜덜 떨고 있던 젊은 날의 아빠에게 말해줄 수 있으면 좋겠다.

"괜찮을 거예요. 한 번씩 생각나서 우는 날도 있겠죠. 하지만 결국엔 모든 게 다 괜찮아질 거예요."

그리고 이불을 뒤집어쓰고 제발 3절에 닿지 않길 기도했던 어린 날의 나에게도 말해주고 싶다.

"괜찮아. 아빠는 그저 슬프고 외로워서 그런 거야. 이 땅의 모든 아빠들은 다 그렇게 쓸쓸함에 익숙해져 살아가는 거란다."

두려움에 괴롭던 청년에게도, 쓸쓸함에 울분을 토해내던 아빠에게도, 불안함에 몸을 웅크렸던 아이에게도, 이제는 말해줘야겠다.

"괜찮아…… 괜찮아……."

내 말이
그대에게 닿기를

"문단속에 신경 써!"

"밤늦게 돌아다니면 안 돼!"

"태풍이 온다더라."

"뒷집 개들이 짖어대는 통에 잠을 못 잤어."

어릴 적 오랜만에 엄마, 아빠를 만나면 두 분은 기다렸다는 듯이 자기 말들을 쏟아냈다. 그런데 그 말들은 표면적으로는 상대의 대답이나 호응을 기대하는 '대화'인 듯 보였지만, 실상 혼잣말에 가까운 것들이었다. 이야기를 듣던 나는 '점심은 뭐 먹지?' '개울가나 가볼까?' 등의 딴생각을 하며 들려오는 말들을 무심히 흘려보냈다.

내 기억 속에 친정식구들과 진지한 얼굴로 '대화'를 했던 장면은 없다. 일방적인 통보나 경고, 그도 아니면 혼잣말들이었다. 나는 어릴 때부터 상대의 말에 경청하고, 행간을 읽어내는 걸 좋아했다. 그런데 부모님 말은 경청을 하기도 힘들뿐더러 수수께끼처럼 파고들

행간도 존재하지 않았다. 말의 기능을 상실한, 혹은 맥락 없는 말들을 하는 이유는 무엇일까? 나는 그게 늘 궁금했었다.

책《지지 않는다는 말》에서 김연수 작가는 부모님들의 혼잣말 같은 말에 새로운 이름을 붙여주었다.

"숨말하다."

이 말은 '숨쉬다'처럼 모든 사람에게 일생 동안 정해진 말하기 총량이 있지 않을까 하는 생각에서 연유되었단다. 작가의 부모님도 자녀와 대면한 순간, 자동적으로 혼잣말에 가까운 말들을 쏟아냈다고 한다. 그럼 작가도 나처럼 딴생각을 하며 쌩쌩 지나가는 말들을 구경하곤 했단다.

그런데 생각해보면 부모님의 그 말들은 어딘가 좀 서글픈 구석이 있다. '그 말이 상대에게 가 닿지 않을 수도 있다는 사실을 알면서도 계속하는 말하기'이기 때문이다. 운 좋게 자녀에게 가 닿으면 부모님의 의중이 전해지겠지만, 대부분의 경우엔 자녀의 귀에만 닿고, 머리나 마음속까진 도달하지 못한다.

작가 은유가 밝힌 어머니의 마지막 '숨말'은 '남편에게 잘하라'였단다. 딸의 평탄한 삶을 위해 꺼내놓은 모성이었겠지만, 그 말은 딸의 귀를 통과하자마자 곧장 가슴 속 응어리로 돌진해버리고 말았다. 남편과 시댁에 대한 억울함과 분노가 어머니의 숨말에 대한 화답으로 새어 나왔다. 어머니는 자신의 숨말이 딸에게 가 닿을 거라 생각했을까? 분노를 자아내게 하는 화살이 될 줄 알았을까? 차라리 그런 화살은 보기 좋게 과녁을 비켜 가면 좋지 않았을까?

그런데 나는 이 대목에서 확신이 서지 않아 맥이 탁 풀리고 말았다. 내 귀에 닿을락 말락 했던 우리 엄마의 마지막 '숨말'을 평생 지울 수 없는 탓이다.

"엄마, 왜 전화했어?"

내가 다시 필리핀으로 돌아가기로 한 날짜가 다가오고 있었다. 뜬금없이 엄마가 전화를 해서는 자꾸만 주변을 서성대는 말만 띄엄띄엄 늘어놓았다.

"저기 말이야…… 그…… 필리핀……."

"필리핀 뭐? 무슨 말을 하고 싶은 건데?"

살갑지 않았던 딸은 얼른 본론으로 들어가라며 재촉했다.

"이번엔…… 안 가면 안 될까?"

예상외의 말에 나는 방금 들은 문장을 헤아려 보았다. '이번' '안 가면' '안 될까.' 그저 충분히 들락날락했으니, 이제 안 가도 된다는 소리인지, 아예 엄마 곁으로 와서 같이 살자는 뜻인지 알 수 없었다. 분명한 건 엄마의 '숨말'이 이미 내 귀에서 튕겨져 나갔다는 사실이었다.

"그게 무슨 소리야! 처음 가는 것도 아니잖아. 게다가 비행기 티켓도 다 끊어놨는데 이제 와서?"

호기심에 기다렸던 본론이 영 시시하자, 내 말투가 한없이 퉁명스러워지고 말았다.

"그건 알겠는데……. 이번엔…… 그냥 이번엔…… 안 가면 안 되겠냐고……."

도대체 '이번'과 '저번' '다음'이 무슨 차이를 만들어낸다는 걸까? 속이 갑갑해진 나는 눈을 희번덕대다 숨을 골랐다. 그리곤 한창 진행 중인 경기에서 써먹기 딱 좋은 기술이라도 발견한 얼굴로 말했다.

"엄마! 말도 안 되는 소리 그만해! 그나저나 몸은 좀 어때? 이제 괜찮은 거지?"

더 이상 그 말을 꺼내지 못하게 하는 '기술'이 먹혀들었나 궁금해 내가 귀를 쫑긋 세웠다.

"응……."

바람이 잔가지를 쓸고 지나가는 미세한 떨림이 엄마의 대답 끝에 오래 머물렀다. 그때는 몰랐다. 그게 엄마의 마지막 말일 줄은.

김연수 작가는 이렇게 말했다.

"우리 사이를 유지하는 건 막힘이 없는 소통이 아니라 그저 행위들, 말하는 행위, 그리고 듣는 행위들일지도 모른다."

하지만 나는 생각이 좀 다르다. 우리의 말이 상대에게 가 닿을지 말지 확신할 수 없는 '숨말'이 아니라 진짜 '대화'였다면 어땠을까?

말의 기능에 충실한, 분명한 대상으로 날아가는 화살 같은 말이었다면 어땠을까? 나는 숨말을 하지 않는다. 엄마의 숨말이 내 명치 끝 어딘가에 달라붙어 슬픔을 관장하는 기관이 된 것만 같아서다. 위가 음식을 소화시키고, 심장이 펌프질을 하는 동안, 숨말은 고요히 숨을 죽이고 그저 살아만 있다. 그러다 툭툭 건드려지는 감정이라도 생길라치면 쏜살같이 제 위용을 드러내곤 한다.

나는 '정확한' 상대에게 '정확한' 말을 한다. 화살 끝에 선명함을 매달아 상대에게 쏘며 상대도 숨말 대신 말 기능에 충실한 말을 해주길 기대한다. 대화와 혼잣말 사이 그 어디쯤 어정쩡하게 배회하는 숨말이 없다면, 나와 상대의 어긋남도 좀 줄어들지 않을까? 그리고 내 속에 숨말이라는 새로운 기관이 생길 일도 없지 않았을까?

나는 가끔 상상한다. 허공에 흩어진 무수한 숨말들을 끌어모아 선명함이라는 상자에 넣는 상상! 그래서 숨은 진짜 뜻, 이를테면 '사랑한다', '걱정스럽다', '외롭다' 등의 구체적인 말들을 상대에게 전해주는 상상! 그 말들이 결국엔 상대의 머리와 가슴에 가 닿아 부드러운 화답으로 돌아오는 상상! 그리고 무엇보다 내 상상을 무수한 사람들에게 전하는 상상을 하곤 한다!

그래,
그럴 수 있지

"너 그거 알아? 너랑 이야기하면 가끔 머릿속이 뻥 뚫리는 기분이 든다는 거!"

지인이 진지한 얼굴로 말했다.

"정말요? 왜요?"

내 눈이 큼지막해졌다.

"넌 다른 사람들과 다른 질문을 하거든. 이를테면 내가 남편과 싸운 이야기를 하잖아. 그럼 다른 사람들은 이야기를 듣고 있다가 적당히 맞장구를 치고 말지. 그런데 넌 나한테 이렇게 묻잖아. '언니는 그때 기분이 어땠어요?' '왜 그런 생각을 했는데요?' 그때마다 나는 선뜻 대답 할 수가 없어. 왜냐하면 한 번도 생각해보지 않았거든. 내 기분이 어땠는지, 그리고 그 상황에서 왜 그런 생각이 들었는지."

가만히 듣고 있던 나는 진심으로 궁금해졌다.

"다른 사람들은 그게 궁금하지 않은 거예요?"

"아무도 궁금해 하지 않는 것 같아. 그저 이미 일어난 사건에만 집중해서 그런가 봐."

나는 깜짝 놀란 얼굴로 찬찬히 머릿속을 정리했다.

"이미 일어난 사건은 끝난 일이잖아요. 더 중요한 건 그 사건으로 인한 내 생각과 감정이죠. 그리고 왜 그런 생각을 하게 되었는지를 알아야 하잖아요."

지인이 고개를 끄덕였다.

"맞아. 너랑 이야기하고 집에 가는 길에 스스로에게 묻곤 해. 그 상황에서 나는 왜 화를 낸 거지? 나는 어떤 감정을 느낀 거지? 나는 왜 그런 상황을 참을 수 없는 거지? 하고 말이야. 그럼 답을 발견하는 경우가 대부분이야."

내 머릿속에 시원한 바람이 불어왔다.

"근데 말이야. 가끔 이런 생각도 들어. 내가 이런 감정을 느껴도 되는 건가? 좀 옳지 못한 감정은 아닐까? 하는 생각 말이야."

지인의 눈매에 불안이 스쳐 지나갔다.

"언니, 걱정 말아요. 감정은 옳고 그름이 없대요. 그냥 이유만 있대요."

내 말에 안심이 되었는지 지인이 편안하게 웃었다.

정혜신 선생의 책 《당신이 옳다》에 인상 깊은 에피소드가 나온다.

친구를 때린 아이가 있었다. 선생님으로부터 전화를 받은 엄마
는 잔뜩 속이 상해 아이를 기다렸다. 집에 온 아이가 잘못했다
고 말하자, 엄마는 잔소리를 삼켜버리고 짧은 충고만 했다.

"앞으로 조심해. 잘못한 거 알면 됐어."

그렇게 사건은 일단락되는 것처럼 보였다. 하지만 다음 순간,
아이가 말했다.

"엄마는 그러면 안 되지. 내가 왜 그랬는지 물어봐야지. 선생님
도 혼내서 얼마나 속상한데 엄마는 나를 위로해줘야지. 그 애
가 먼저 나에게 시비를 걸었고, 내가 얼마나 참다가 때렸는데,
엄마도 나보고 잘못했다고 하면 안 되지."

엄마는 왜 묻지 않았을까? 아이 감정이 어땠는지, 왜 친구를 때렸
는지. 저자는 말한다. 모든 감정에는 이유가 있고, 모든 감정은 옳
다고. 그러니 이미 한 일에 대해 심판하기보다 그 일을 한 이유와 마
음을 살펴봐야 한다고.

어느 날, 우리 아이가 마음이 단단히 상한 채 냉기를 뿜어댔다.
한참 만에 냉기가 좀 가시자, 내가 물었다.

"엄마가 가끔 밉지?"

아이는 마음을 들켜버린 난감함을 감추지 못하고 눈알만 굴려댔
다.

"엄마도 부모님이 미웠던 적이 있어."

내 말에 용기를 얻었는지, 아이가 작은 입술을 움직였다.

"나도 가끔 미워. 하지만……."

'밉다'는 말을 뱉어놓고선 뜨끔했는지, 뭐라고 설명을 하고 싶은 눈치였다.

"하지만 뭐?"

"아주 가끔이야. 매일 그런 건 아니라고. 대부분은 엄마가 좋아."

'아주'라는 말이 '가끔'과 손을 잡으니 제법 따뜻했다.

"엄마는 부모님이 언제 미웠었는데?"

아이 질문은 마치 '점심은 몇 시에 먹어?'처럼 한없이 평범하게 들렸다. 그러니 나도 평범하게 대답하면 그만이었다. 하지만 웬일인지 말이 잘 나오지 않았다. 결국 나는 속으로만 중얼거렸을 뿐, 대답하지 않았다. 아니 못했다.

"그 옛날 엄마만 있으면 어두운 밤들이 하나도 무섭지 않을 것 같았던 날, 그리고 엄마의 빈자리를 채우러 아빠가 세 번째 여자를 데려왔던 날, 나는 부모님이 미웠었지. 그때마다 나는 생각했어. 그런 무심한 부모님은 차라리 없어도 상관없다고 말이야. 아니, 차라리 없는 편이 더 낫다고. 그런데 끈질긴 꼬리처럼 따라붙은 그 생각이 나를 얼마나 무섭게 했는지 몰라. 부모님에게 어떻게 그런 미운 감정을 느끼고, 무서운 생각을 할 수 있는 걸까? 그때부터 나는 스스로가 형편없는 아이라고 믿었지."

《당신을 믿어요》의 저자 김윤나는 심리상담을 받으며 부끄러운 생각을 꺼내놓았다. 평생 제 역할을 못하고 딸에게 짐이 되었던 아버지가 피를 토하며 쓰러진 순간, 저자의 머릿속에 이런 생각이 들었다.

'이대로 나가 버리면 어떻게 될까?'

피로 얼룩진 아버지를 외면하고 싶은 마음이 찰나적으로 떠오른 것이었는데, 저자는 이 생각 때문에 내내 괴로워했다. '아버지가 죽으면 편해지지 않을까?'라는 생각이 '나쁜 것, 너를 어떻게 키웠는데. 이 배은망덕 한 것'이라는 비난으로 돌아오는 것 같아서였다. 저자는 그 무거운 말을 심리상담사에게 어렵게 내어 보였다. 그러자 이런 말이 돌아왔다.

"당연히 그럴 수 있지요. 당신은 부모를 미워해도 되지요. 누구나 그렇죠."

그 대목을 읽으며 나는 가슴을 쓸어내렸다.

"내가 힘겹게 찾아 헤매던 말이 바로 그거였구나."

많은 이들이 부모님을 미워한다. 그리고 커다란 죄책감에 시달린다. '나를 낳아주고 길러준 부모님을 미워하다니, 난 정말 나쁜 인간이야!' 내 속의 '심판자'가 끊임없이 비난을 퍼붓는다. 그리고 미움과 죄책감이 내 속에서 엎치락뒤치락 싸우는 동안에, 나는 애써 감정을 회피해 버린다. 관심으로부터 벗어난 묵은 감정은 스스로 몸집을 불리거나, 부패해서는 수시로 나를 흔들어 댄다.

하지만 생각해보면, 우리가 하는 행위와는 별개로 우리가 느끼는 모든 감정은 옳다! 그러니 우리가 부모님을 미워하는 그 감정 또한 옳을 수밖에 없다! 그 동안 내 속의 심판자가 나를 비난하기만 했다면, 이제 한 번쯤 나 스스로에게 말해줘야 하지 않을까?

"그래! 그래서 부모님이 미웠구나. 당연히 그럴 수 있지. 누구나 다 그런 법이야!"

가끔씩 삶이 버거워 주저앉고 싶을 때마다 우리를 일으켜 세워줄 말은 거창한 말들이 아니다. 너무 단순해서 시시한 말들, 그러니까 바로 이런 말들이 아닐까?

"그래! 그럴 수 있지. 네 감정이 옳아!"

공감의 온도

초판 1쇄 인쇄 2020년 2월 20일
초판 1쇄 발행 2020년 2월 24일

지은이 신은영
펴낸이 천정한

펴낸곳 책엔
출판등록 2019년 4월 10일 제2019-000037호
주소 서울 은평구 은평터널로66, 115-511
전화 070-7724-4005 **팩스** 02-6971-8784
블로그 http://blog.naver.com/junghanbooks
이메일 junghanbooks@naver.com
 ISBN 979-11-87685-40-1 (03810)
책값은 뒷면 표지에 적혀 있습니다.
잘못 만든 책은 구입하신 서점에서 바꾸어 드립니다.
이 도서의 국립중앙도서관 출판예정도서목록(CIP)은
서지정보유통지원시스템 홈페이지(http://seoji.nl.go.kr)와
국가자료공동목록시스템(http://www.nl.go.kr/kolisnet)에서 이용할 수 있습니다.
(CIP제어번호: CIP2020006932)
책엔은 도서출판 정한책방의 자매 브랜드입니다.